法曹漫歩

中尾 巧
Takumi Nakao

中央公論新社

元日の伊吹山

釧路湿原

春の高山祭

三保の松原と富士

京都東山

はしがき

「人生一〇〇年時代」が到来する。そう言われると、前期高齢者の私でも、まだまだ先は長いのかもしれない。自分の周りを見渡してみても、八〇歳を過ぎても矍鑠《かくしゃく》としている人が少なくない。いずれの人にも共通して言えることは、知的好奇心が旺盛なことだ。

その一人が今年米寿を迎えたTさんだ。毎日、散歩や読書を欠かさず、新聞を隅から隅まで読み込み、関心のある記事を切り抜いて整理しているという。

そんなTさんにお会いする度、例えば「昨日、〇〇殺人事件の判決がありましたね。なぜ、こんな軽い刑になったのですか。当然検察は控訴しますよね。検察OBとして感想を聞かせてください」などと意見を求められる。新聞や雑誌の関係記事のコピーまで用意されていることが多く、いつも感心する。

最近は、私も、Tさんを見習って、何事にも興味を持ち、できる限り読書を欠かさず、時には趣味の絵を描いたり、友人とのゴルフや旅行を楽しんでいる。そして、弁護士業務の傍ら、刑事司法など専門分野の話題だけではなく、折々の関心事や旅の思い出などを書き記しては、同人誌等への寄稿を続けている。

このような日々を過ごすことが、加齢に伴う認知機能の低下を防止し、令和の時代を元気に生きるための秘訣ではないかと思っている。

本書は、「千里眼」、「草莽の寄合談義」、「国際人流」等に寄稿した雑文を取捨選別した上、これに加筆・修正を施し、『検事長雑記』の続編として一冊に取りまとめたものである。私が描いた挿絵と共に楽しく読んでいただければ幸いである。

最後に、本書の出版に当たり、中央公論新社書籍編集局ノンフィクション編集部の永井草二さんに大変お世話になった。ここに記し、厚くお礼を申し上げる。

令和元年六月二八日

中尾　巧

法曹漫歩

目次

カバー画・挿画・写真／著者
装幀／中央公論新社デザイン室

法曹漫歩

中之島公園

再生資源ごみ

検事は全国規模で転勤を繰り返す。

通常その都度、引越しを余儀なくされる。私も十数回転勤した。その間、できるだけ物を買わないように努めていたが、退官後、その規律が緩み、何かと物が増え出した。

意を決して本の整理をすることにした。実際に本を手に取ってみると、内容はもとより、ブックデザインが優れたものはなかなか捨てる気になれない。観念してどうしても残しておきたいものや、もう一度読みたいと思うものだけを残し、その他の本は再生資源ごみとして処分することにした。とはいえ、通常、再生資源ごみは市町村が指定した日でなければ集積場所に搬出して処分できないのだ。

ある自治体の取組み

私の住むT市でも再生資源ごみ搬出日が指定されている。

ある搬出日の朝、大量の本をマンション一階のごみ置き場に数回に分けて運び込んだ。その一時間後に追加の古新聞の束をごみ置き場に持って行くと、搬出したはずの大量の本は無くなっていた。

自宅に戻って、そのことを妻に話すと、妻は、

「業者のおじさんが持って行ったんでしょう」

と、何事でも無かったように答えた。

「その業者は市の委託業者ではないんだろう」

「そうだと思うわ」

「そういうことなら、厳密に言えば、マンションのごみ置き場は市が指定した廃棄物や再生資源ごみの集積場所だし、そこから勝手に再生資源ごみを持ち去るのは犯罪だよ」

「それは私も分かります。そうそう、昨年から市の条例で再生資源ごみを持ち去ることが禁止されたようですよ。確か市のパンフにそんなことが書いてあったと思うわ」

そう言って妻が台所から市のパンフレットを取り出して見せてくれた。

そのパンフレットを見ると、表題は「廃棄物関連の新たな取組み」となっていて、次のように記載されていた。

「平成二八年四月から再生資源等の持ち去り行為を禁止します。市では廃棄物の減量及び適正処理に関する条例を一部改正し、市並びに市から収集又は運搬の委託を受けた者及び再生資源集団回収登録行商者以外の者は、所定の集積場所等から再生資源や粗大ごみを無断で持ち去る行為を禁止します。違反すると、二〇万円以下の罰金が科されることがあります」

念のため、T市のホームページを開き、同市の廃棄物の減量及び適正処理等に関する条例の当該罰則規定を確認してみた。

その規定は、直接罰ではなく、禁止命令に違反した者を処罰する間接罰の形式を採っており、一般市民にとってはやや難解なものだった。

要するに、市並びに市から収集又は運搬の委託を受けた者及び再生資源集団回収登録行商者以外の者が、一般廃棄物処理計画に従って所定の場所に排出された廃棄物のうち、紙類、缶類その他の再資源化の対象となるものとして市規則で定めるもの及び粗大ごみ（以下「特定再生資源等」という）を収集又は運搬したとして市長から警告を受けたのに、その警告に従わず再びこれらの行為をしたときは、市長はその者にその行為を行わないよう命ずることができるとし、更にその者が市長の命令に違反して特定再資源等の収集又は運搬をした場合には二〇万円以下の罰金に処すというものだ（第七四条第一号、第二一条の二第一項ないし第三項）。

世田谷区清掃・リサイクル条例違反事件

このような禁止命令に違反した罪で起訴され、社会の耳目を引いた事件がある。

古紙回収業者一二名（いずれも世田谷区長から再生資源ごみの収集・運搬業務の委託を受け

ていない者）は、世田谷区清掃・リサイクル条例（以下「本条例」という）第三一条の二第二項により、区長から、同条第一項にいう一般廃棄物処理計画で定める「所定の場所」において、再生資源ごみである古紙等の収集又は運搬を行わないよう命じられていた。

ところが彼らは、「所定の場所」である同区内の路上において、そこに置かれていた古紙等を普通貨物自動車に積み込んで収集したため、第七九条第一号（以下「本件罰則規定」という）により区長の命令に違反した罪で起訴された。

第一審の東京簡裁は、古紙回収業者のうち七名について、本件罰則規定が刑罰法規の構成要件として明確ではなく違法であるなどと判示して無罪判決を、五名について有罪判決（三名を各罰金一五万円、二名を各罰金二〇万円）を言い渡したため、前者につき検察官が、後者につき弁護人らが判決を不服として控訴した。

控訴審の東京高裁は、本件罰則規定に憲法違反や法律違反はないと判示して、七名の無罪判決を破棄し、七名を各罰金二〇万円に処し、有罪の五名の控訴を棄却し、一二名全員を有罪とした（東京高裁平成一九年一二月一〇日、同月一三日、同月一八日、同月二六日、同二〇年一月一〇日の各判決・判例時報一九九五号二五頁参照）。

弁護人らは、本条例第三一条の二第一項にいう「所定の場所」の文言を用いた本件罰則規定は犯罪構成要件としての明確性や公示性を欠くので、憲法第三一条（法定手続の保障）に違反するなどとして上告した。

これに対し、最高裁は、次のように述べて上告を棄却した（最高裁平成二〇年七月一三日第一小法廷決定）。

本条例第三一条の二第一項にいう一般廃棄物処理計画で定める「所定の場所」の明確性に関し憲法第三一条違反をいう点は、同条例第三一条の二第一項、第三七条及び一般廃棄物処理計画等によれば、世田谷区が、一般廃棄物の収集について区民等の協力を得るために、区民等が一般廃棄物を分別して排出する場所として定めた一般廃棄物の集積所を意味することは明らかであり、「所定の場所」の文言を用いた本件罰則規定が、刑罰法規の構成要件として不明確であるとはいえない。また、本件における違反場所は、「資源・ごみ集積所」と記載された看板等により、上記集積所であることが周知されている。

窃盗罪の成否

参考までに、市町村（特別区を含む。以下「市等」という）やその委託業者（T市の再生資源集団回収登録行商者を含む）以外の古紙回収業者が禁止命令に違反して集積場所から再生資源ごみを持ち去る行為について、条例違反のほかに、窃盗罪が成立するかどうかを検討してみたい。

窃盗罪は「他人の財物」を窃取することにより成立する。

集積場所の再生資源ごみが財物であることは明らかであるが、誰の財物なのか、言い換えればその所有権は誰にあるのかを検討しなければならない。

通常、市等では、再生資源ごみの安定的かつ継続的なリサイクルを実現するために、市等が指定した集積場所に搬出された再生資源ごみについて市等の負担で収集・運搬してリサイクルするという行政回収システムを構築している。その一方で住民側も、このような行政回収システムの下、ごみの適正な分別に協力し、再生資源ごみについて市等の管理・

所有にゆだねる意思で集積場所に搬出しているのである。

これを前提とすると、再生資源ごみは、市等が指定した集積場所に置かれた時点で、その所有権は市等に帰属しているものとみるべきだろう（前掲東京高裁平成一九年一二月二六日判決参照）。

因みに、奈良県桜井市では、桜井市廃棄物の処理及び再利用の促進に関する条例第一〇条の二に「排出された資源物の所有権は、桜井市に帰属する」との確認的な規定を置いている。もっとも、集積場所の再生資源ごみは、市等の委託業者が収集するまではなお搬出した住民に所有権があるとの見解もある（前掲東京高裁平成二〇年一月一〇日判決参照）。

では、集積場所の再生資源ごみは誰に占有が認められるのだろうか。

集積場所の再生資源ごみは、市等の委託業者が収集するまでは、なお搬出した住民において占有しているといえるし、管理・所有をゆだねられた市等においても占有があると解することもできるだろう。いずれの見解によっても、集積場所の再生資源ごみを持ち去ることは、再生資源ごみの占有者（市等又は搬出住民）の意思に反して、その占有を侵害して他人の占有に移したことになる。そうすると、その行為は、「窃取」に該当し、市等の委託業者以外の古紙回収業者が再生資源ごみの占有を開始すれば、法的には窃盗罪が成立することになる。

とはいえ、これを実際に処罰するかどうかは別問題である。彼らが、行政回収システム以外で、再生資源ごみのリサイクルの一部を担っていることは否定できない。この点を含め諸般の情状を考慮すると、敢えて窃盗罪で処罰する必要はないだろう。

いずれにせよ、ごみのリサイクルシステムは行政と住民の連携・協力があってこそ機能するものである。

人事の話

春は人事異動の季節でもある。

かつて私は検察人事に関わったことがあるが、人事は誠に難しい。

人の能力を客観的に測る尺度はない。取り分け、人は自己の能力を過大に評価しがちだ。だから、どうしても人事に対する不平不満が出る。それを、どのように落ち着かせるか、人事権者は腐心する。せめて、ぬくもりが感じられる人事になれば良いと思うが、これも容易ではない。

「人選びとは、じつに自己鍛錬の苦業であり、その反応にすぎない」と、作家小島直記が書いている（『出世を急がぬ男たち』三一頁・新潮文庫）。私もこの言葉を心に留め、組織の将来を見据えた人事を考えるようにしていた。

検事の人事

検事の人事の難しさは、一つにはその職務の特性から短期間で異動させなければならないことだ。

検察は、最高検察庁（最高検）を頂点とするピラミッド型の組織である。最高検の下に八つの高等検察庁（高検）が、更にその下に五〇の地方検察庁（地検）が置かれている。

通常、検事は、初任地で新任検事を終え、地方の比較的規模の小さな地検、いわゆる中小地検に配置換えになった後、A庁と呼ばれる東京・大阪地検等の大規模庁に異動する。その後、全国規模で二年ないし三年のスパンで転勤を繰り返し、任官後一五年から二〇年程度勤務すると、選抜されて中小地検の次席検事や支部長に就く。いずれも、庁務運営に関与し、人事・労務管理や事件決裁等を行う、いわゆる決裁官ポストである。その職務は捜査・公判活動とは趣が異なる。

中でも、中小地検とはいえ、次席検事は、いわば城代家老として地検のトップの検事正を補佐する重要なポストである。もとより法務・検察では、これらのポストに就く検事に対し予め管理者研修等を行っている。

中小地検の次席検事を二年ないし三年務めた後は、東京・大阪地検の副部長、高検検事等に異動することが多い。その後、大規模庁の次席検事（ただし東京・大阪地検の次席検事を除く。このポストには検事正経験者が充てられる）、最高検検事、又は法務省人事・秘書課長等のポストを歴任すれば、通常、検事正に昇進する。

さらに、一部の者が、最高検刑事部長、東京・大阪・横浜地検のいずれかの検事正、公安調査庁長官、法務事務次官等に就任する。その中から、高検のトップの検事長、検察のトップの検事総長を補佐する次長検事（いずれも内閣が任命し、天皇が認証する認証官）が選ばれる。通常、検事総長（もとより認証官）は東京高検の検事長から昇進する。

抜擢人事

組織を活性化させるためには、抜擢人事を行うべきであるとか、抜擢のない組織には将来がないという話をよく耳にする。そうは言っても、ただ抜擢すればよいというものでもない。抜擢人事は、一種の賭けでもある。ひとつ間違えれば、かえって組織にとってマイナスになるという怖さが潜んでいる。

抜擢人事をする場合に、その者の執務能力だけで判断すると、時には失敗することがある。やはり人間性なども考慮されるべきだと思う。

更には抜擢される者が謙虚さを持ち合わせていて、そして、強靭な精神力の持ち主であることが望ましい。もし、精神的に弱ければ、抜擢が重荷になることもあるし、もし謙虚さがなければ、傲慢になることがあるかもしれない。人事権者は、常に、そのようなおそれがあることを肝に銘じるべきだろう。

要は、抜擢人事は組織の活性化のためには必要ではあるが、それをする方も、される方も、それ相応の覚悟がいることだけは間違いない。

とはいえ、「人事を尽くして人事をしたら、あとは他人事として、忘れてしまうのがよい」(『堀田力のおごるな上司!』三三頁・日本経済新聞社)のかもしれない。

異動内示と五箇条

いかなる組織であっても、誰しも、全く経験のない部署への異動を命じられると、何かと不安を感じるものだ。どのように対処すべきだろうか。

例えば、日本化薬会長・原安三郎（一八八四年〜一九八二年）さんの逸話（城山三郎著『打たれ強く生きる』二二五頁以下・新潮文庫参照）はひとつのヒントになるように思う。

原さんは、日本火薬製造（日本化薬の前身）という化学メーカーに就職したものの、最初に配属された職場は、思ってもみない飯場の炊事係だった。

ところが、原さんは、腐らず、米の仕入れひとつにしても、「どこの米がうまいのか」、「米の値段にどういう違いがあって、品質の違いとどういう関係があるのか」、「どういう経路で流通するのか」などを調べたそうだ。その気になれば、次々と勉強の材料が出てきて、最初はつまらないと思った日々の仕事にも、張りが出てきたという。

かつて私は、後輩の検事が原さんと同様の内示を受けた場合には、「経験がないとか、知らないということは大いなる武器になる場合だってある。自信を持って赴任しなさい」などと言って励ますことがあった。

経験がないということは、見方を変えれば、先例・慣例を知らない訳だから、かえって先例等にとらわれることもない。新たな職務・職場を新鮮な目で見て、問題点を見出し、その改善・解決策も検討できると思うからだ。そのような思いで、私自身も、検察とは畑違いの法務省訟務局租税訟務課長や入国管理局長を務めた。

取り分け、決裁官への異動内示を受けた後輩に対し何か助言をしたいと思ったときに、頭に浮かぶのが「五箇条」である。

それは、五代友厚が大隈重信に宛てた、いわゆる「五箇条の忠告書」の五箇条のことである。

五箇条を原文のまま示すと、次のとおりである（宮本又次著『五代友厚伝』三〇五頁・有斐閣参照）。

第一条　愚説愚論を聞くことを能く可堪。一を聞て十を知る閣下賢明に過る欠あり。
第二条　己の地位を同せざる者は、閣下の見と人の論説する所、五十歩百歩なる時は必ず人の論を賞して是を採用せられるべし。人の論を賞して、人の説を採らざる時は、今閣下の徳を弘る不能、則賢明に過ると謂ざるを不得。
第三条　怒気怒声を発するは其徳行を失するの原由なり。怒気怒声を発して益することと無し（以下略）。
第四条　事務を裁断する時は、勢の極に迫るのを待て之を決すべし。
第五条　己れ其人を忌む時は、其人も亦己を忌む。故に己の不欲人に勉て交際を弘められんことを希望す（以下略）。

当時、大久保利通は、大蔵卿の大隈に辞意があることを知り、廟堂の動揺をおそれ、五代に依頼し、大隈を翻意させようとした。

大久保の依頼を引き受けた五代は、大隈に「五箇条の忠告書」を送った。大久保も大隈に会って内外の形勢を説き、翻意させようとした。五代の忠告書に対し、大隈がどのような返答をしたのかは定かでないが、大隈は辞職を思いとどまったという（前掲書三〇三頁以下参照）。誠に興味深い話である。

参考までに、五箇条を意訳すると、以下のようになるだろう。

第一条　愚説、愚論に我慢して耳を傾けられたい。一を聞いて十を知るというのは、貴兄の賢明に由来する欠点である。
第二条　自己と同地位でない者の意見が貴兄の意見と大同小異の場合には、常にその者の意見を賞めてそれを採用しなさい。他人の意見を賞め、その説を採用しないようでは、貴兄の徳を広めることはできないし、賢明なことではない。
第三条　怒気怒声を慎まれよ。怒気を帯び、怒声を発するのは徳望を失うのみで何の益もない。
第四条　事務に裁断を下すのは時期の熟するを待って決めなさい。
第五条　貴兄がある人間を嫌えば、その者も貴兄を嫌うであろう。それ故、自分の好まない人間とも努めて交際しなさい。

もとより、五箇条は、組織の上に立つ者の心構えにもなると思うが、私自らへの戒めでもある。

白内障手術を受けて

この数年で眼の翳が予想外に酷くなった。意を決し、平成二八年二月、近所にある眼科医院で白内障の日帰り手術を受けることにした。

医師の事前説明

手術予定日の前週に、医師の事前説明を受けるため、妻に付き添われて眼科医院に行くと、私を含め数人の手術予定患者が付添人と共に一室に集められた。

看護師が来て、「白内障手術を受けられる患者様へ」と題する冊子を配った。

そこには、手術前から手術当日、そして術後までの様々な注意事項が事細かく記載されていた。

例えば、手術前の準備として、「手術当日まで目薬（ベガモックス点眼液）を一日四回点眼すること。点眼前は必ず石鹸等で手を洗うこと。手術前日にはお風呂に入って体を清潔にし、洗髪すること。爪を切り、マニキュアを落とすこと。男性は整髪剤を付けず、ひげを剃っておくこと。女性は化粧をせず、油成分のクリームをしないこと」などとある。

更には手術当日の準備として、「前開きの洋服で来院すること。手術前には時計、入れ歯、指輪などの金属類はできるだけ装着せずに来院すること。昼食は必ず摂ること（特に糖尿病の方は低血糖予防のため）。手術当日は車、バイク、自転車での来院はできないこと」などとある。

日帰り手術だとはいえ、なかなか厄介なものだ。


しばらくして院長が入室し、手術の方法や危険性などについて、眼球の構造等を図示したパネルを見せながら、説明を始めた。

「眼球をカメラに例えると、レンズに当たる器官を水晶体といいます。それが濁る病態が白内障ですが、多くは老化現象によるものです。手術は、特段のことがなければ、一五分程度で終わります」

ここまでは、安心して聞くことができた。

「手術のやり方ですが、瞳孔を開いた眼の消毒と麻酔をし、黒目（角膜）と白目（強膜）との境界部分に三ミリ程度の創を入れます。メスで水晶体を包むふくろ（水晶体前嚢）に円状の窓を作り、超音波で水晶体を砕きながら吸い取って除去します。そこに眼内レンズを挿入します。ただ、咳が出そうなときは、声を出して教えてください。突然の大きな動きがあれば、細かい作業にとっては最も危険ですので、余裕を持って教えてください」

聞いただけで怖くなる。

眼内レンズの実物を取り出した院長の説明が続く。

「以前は、ガラスでしたが、今はこのように軟らかいプラスチックですので、このように折り曲げて挿入できるようになりました」

最近の医療もここまで進歩したのかと、感心しながら耳を傾けた。

「では、手術に伴う危険性や合併症について説明しますね。最も危険な併発症は、眼内圧の変動による大出血です。数千件に一件起こると言われています。出血で失明する可能性がありますね」

失明とはねえ、と思わず口に出そうだった。

「水晶体を支える組織が脆弱な場合や水晶体を包むふくろが破れると、眼内レンズの挿入ができなくなりますが、このような場合には当医院では対応できませんので、高度の専門病院で手術することになります。稀に、手術中に砕いた水晶体の核が硝子体に落下することがあります。これが一番怖いですね」

聞けば聞くほど、想像していたより危険な手術だ。今更、手術を受けるのを辞めますとも言えず、傍にいる妻も心配顔になっていた。院長を信頼してお任せするしかないと観念した。

その場で黙って聞いている患者の不安げな様子を察したのか、院長が一言。

「私は、二五年間眼科医をしていますが、水晶体の核を落下させたことはありません」

皆、安堵の表情を見せる。

また、装着する眼内レンズは、通常、水晶体のような自動焦点機能のない単焦点レンズなので、各患者は、普段の生活に便利になる裸眼の焦点距離を決めなければならない。私の場合は、仕事柄パソコンを使うので、五〇センチくらいに焦点が合う単焦点レンズにしてもらった。もっとも、遠近両方に対応できる多焦点レンズも装着できるが、保険の適用がない。

手術と術後の経過

手術当日、手術同意書を提出した。

待合室で順番を待っていると、看護師が私に「中尾さんですね」と声をかけてきた。「はい」と答えると、ネームプレート付きの紐を私の首にかけてくれた。その後、「今日は、右眼の手術でしたね。間違わないように印をつけますからね」と言いながら、看護師は私の額の右側に小さなシールを貼った。

最近、時々患者を取り違えて手術をする医療事故も起きている。この程度の過誤防止措置は不可欠なのだろう。

看護師から瞳孔が開くまで数回点眼を受けた後、腕に点滴注射された。そのままの状態で手術用のハットを着用して手術室に入り、手術台の椅子に座った。

事前に説明を受けた手順で白内障手術が始まった。

局所麻酔なので、院長と看護師のやり取りも良く聞こえる。当初、手術顕微鏡のライトが眩しく感じたが、次第に慣れてくる。ひたすら咳き込まないように注意しながら、院長に言われるまま眼を動かす。

「済みましたよ。レンズも上手く装着できました。ご苦労様です」との院長の言葉を聞いて、ほっとする。

気がつくと、右眼には包帯の上から保護キャップが被せられていた。

「眼帯は明日の診察まで絶対に外さないでくださいね。帰宅後はできるだけ自宅で安静にし、今日と明日は、洗顔や洗髪、お風呂は控えてください」

と、看護師から念を押された。

左眼だけでは歩行も覚束ないので、妻に付き添われて帰宅。

手術翌日、看護師に保護キャップを外してもらった。周りがぱっと明るくなる。壁のポスターの小さな字まではっきり見える。驚きの瞬間だった。

自宅に戻って部屋の中を見回すと、近くのものは本当に良く見える。ふと妻の方を見ると、顔のシミや皺が驚くほどはっきりと見えた。

思わず、「おばあさんになったね」と、口を滑らしてしまった。

「当然でしょう。おじいさんも同じよ」

と、妻に切り返された。自分の手のシミや皺をじっくり見ると、紛れもない老人の手だった。


翌日から二日連続で通院し、診察と検査を受けた。幸い、術後の経過は良く、本も楽に読めるようになった。

昼はサングラス仕様のゴーグルを着け、就寝時には右眼に保護キャップをテープで貼り付け、そのまま上を向いた姿勢で寝なければならなかった。

更には、一週間の禁酒、毎日、朝昼夕に五分以上の間隔を空けて三種類の薬と、就寝前には一種類の薬を点眼する必要があって少々厄介だった。
入浴は術後三日目から許可され、ようやく熟睡できるようになった。

一週間後、左眼の白内障手術を受けた。

術後は右眼と同様の点眼等を続けた。定期的に診察と検査を受け、一か月が経過し、ようやく視力が安定した。眼科での視力検査に基づき遠近両用の眼鏡を新調すると、矯正視力が〇・五から一・〇に上がり、何もかもよく見えるようになった。何だか世界が広がったようだった。

医師の不安

私自身、今回の白内障手術を受けて高度の医療技術の一端を実感したが、その反面、課題も少なくないように思われた。

一昔前までは、手術すらできず、治癒の見込みのない病気になれば、それも宿命だと、多くの患者は諦めるのが常だった。医療技術や医薬の進歩で、多くの病気が治る時代になった。勢い患者は医師らに多くを期待する。ところが仄聞するに、患者が手術の危険性などを理解し同意の上、手術を受けたものの、死亡しようものなら、その原因の如何にかかわらず、遺族等が医師らの民事責任はもとより刑事責任まで追及する事例があるという。

平成二七年一〇月から、医療の安全を確保するために医療事故の再発防止を行うことを目的として医療機関での医療事故に係る医療事故調査制度が導入された。

この制度では、対象となる医療事故が発生した場合、医療機関には、第三者機関である医療事故調査・支援センター（一般社団法人日本医療安全調査機構）への報告、院内調査の実施、調査結果の同センター及び遺族への報告が義務付けられた（医療法第六条の一〇、第六条の一一参照）。

ただ、対象となるのは医療機関の管理者が予期しなかった死亡事故（死産を含む）に限られている。しかも対象となった医療事故であっても、その内容如何によって医療従事者個人の刑事責任が追及されることはこれまでと何ら変わりはない。

医師専門情報サイトを運営するメドピア株式会社が平成二七年三月に実施した会員医師

へのアンケート結果によると、回答者三八二〇人のうち約九割の三四六六人が、「医療事故によって刑事罰を受けることがあり得ることについて不安を感じる」との回答を寄せたという。

このような現状を見れば、医師が過度に萎縮し、必要な医療を躊躇ないし回避する可能性が全くないとは言い切れない。更には医療事故の中には、主な事故原因が医師個人の医療行為よりも医療機関側にあるといえるものが少なくないようだ。

いずれにせよ、私達一人一人が医師らの矜持を評価し、その志の高さを敬い、彼らが日々生きがいを持って不安なく医療に専念できる社会になってほしいと思う。

あるコラム

今回は長勢甚遠さんのことを書きたい。

長勢さんは富山県出身で旧労働省の官僚から政界に転じた。平成二年衆議院議員選挙に初当選。自民党所属の社労畑の重鎮として存在感を強め、平成一八年第一次安倍内閣の法務大臣に就任するなど要職を歴任し、平成二四年政界を引退した。実は私が法務省入国管理局長当時の法務副大臣でもある。普段から飾らず実直で、入管行政にも精通され、正々堂々と議論することを好まれた。明晰な頭脳と高い識見で物事の本質を見抜く政治家でもあった。

現在、長勢さんは、地元で悠々自適の生活を送りながら、ほぼ毎週のように「興論サークル」というコラムの配信を続けている。

時々の政治情勢や社会の事象を鋭く分析し、示唆に富む持論を展開する。それは、政界を引退した自由な身であるが故に、誰憚ることなく、その信条を吐露したものであろう。日本の将来はどうあるべきか、日本人はどう生きるべきかを考えるためのヒントや提言が随所にある。そのひとつひとつが心に響く。長勢さんの「日本・日本人論」を多くの人々に読んでもらいたいと思う。

人生の生き方のヒントになるものから紹介しよう。

●「どうなるよ」の人生（平成三一年二月二〇日）

長勢さんは父親の生き方から筆を進める。

「父は本心はどうであったかわからないが、傍で見ていても頼まれれば何かにつけても誠心誠意対応し、自分の意見を通そうとしたり事を荒立てることはしなかった。自分の功、苦労を言う訳でもなく、うまくいかなくても嘆かず『どうなるよ』『仕方がない』と泰然としていた。自分のできることは力いっぱいやるが、力の及ばないことには割り切って大勢に従い、他の者にはその思うところを尊重し、非難したり干渉したりしないというのが、父の『どうなるよ』であったと思われる。これはこれで一つの生き方である」というのである。

その上で、「どうなるよの処世法は、『分をわきまえる』という日本古来の考え方と深くつながっている。人にはそれぞれの分（限界）がある。自然や時の流れの制約にも従わざるを得ない。それをわきまえ、その範囲で役割を果たすべきものである（応分）という教えがある」と述べ、「父は勿論、母もその父や母から伝えられた『分』ということをよく話していた。そして、謙譲、寛容と感謝の心の大切さを何かにつけ語っていた。我々兄弟はそれを聞かされて育てられた。私自身これまで何度か『どうなるよ』とつぶやいていたし、引退後はいつも妻に何もしないと言われていて、やはり父の子なのだと思う」と自己分析するのである。

このように両親から薫陶を受けた長勢さんは、日本の現状を憂え、「分」の教えは、「敗戦後厳しく非難、排除されてきた。それが野放図で好き勝手な飽くなき欲望、権利主張を氾濫させ、終わることのない争い、混乱の社会をもたらすことになった。分、謙譲、寛容、感謝を基盤とする日本の伝統的共同体社会は破壊され、個々人は絶え間ない不安、不満にさいなまされ、羨望、嫉妬、憎悪に身を焼かれることになった」という。

この現状分析については、おおむね肯定せざるを得ないだろう。

あの池波正太郎も、戦後の日本について、「まるで、小さな盃へ、むりやりに肉のかたまりを押し込んだようなかたちになってしまったので、多くの人びとは、〔自由と繁栄〕という身勝手で空虚な不渡り手形に飛びつき、いまは、〔不自由と不安〕に、苦悩することになった」（『日曜日の万年筆』三七頁・新潮文庫）と書いていたことを思い出す。

今こそ、「分」の教えを日本人に広める具体的な方策を考えるべきではないか、そう思うものの、策は俄に浮かばない。

次は、政府が進める観光立国政策に対する鋭い批判である。

●観光、観光というが（平成三〇年九月二八日）

まず興味深いのは、「観光客誘致」の定義付けである。

長勢さんは、「そもそも観光客誘致とは自らの裸を見世物にさらして稼ぐ商売（いわば体を売る商売）といいえ」るという。体を売る商売とは言いえて妙だ。

それ故、観光には「いかがわしい商売人、詐欺師、やくざが入り込みやすい。観光政策は彼らの活躍を奨励するものになっているのではないか」と危惧する。

さらに、「日本に興味のある外国人の日本訪問を拒否する必要はないが、体を売る商売は貧窮の極みにある場合の究極的な生きる手段である。自らを売り物に観光立国を目指すということによる弊害は目に余る。現在の日本はそんなことまでしなければ生きれなくなっているのか」と疑問を呈し、次のような具体例を挙げる。

「観光客が来るというので、世界遺産、ジオパーク、世界一美しい湾などと称する得体のしれないものの指定を受けようとうつつを抜かすなどもってのほかのことだ。こんなものの指定を受けるために国際機関におべっかを使い、いいように食い物にされている」というのだ。世界遺産の指定に努力している人達にとっては、誠に耳の痛い話である。

そして、長勢さんは、現状について、「とにかく、世は観光様であり、観光客を呼び込み、金を落としてくれる為なら何をしてもいい、そこに住む人がどうなろうと、そこの自然・景観がどうなろうと、そこらにあった本来の祭り、食べ物、文化、施設がどうなろうと知ったことではない、という風潮である」と喝破するのである。

その上で、「いかに経済成長が立派なものであるとしても、日本人の生活、伝統、文化をないがしろにし崩壊させる観光立国政策は早急に廃止すべきではないか。日本人をのけものにしたような観光地は日本に存在するべきではない」と結論づけている。やや過激な一面があることは否定できないが、傾聴に値する。

最後は、痛快時代劇批評である。

●「遠山の金さん」ですっきり（平成三〇年三月二六日）

長勢さんは、痛快時代劇を好み、毎日、ＣＳの時代劇チャンネルを見ているそうだ。「最近は、松方弘樹主演の『遠山の金さん』がいい。遠山北町奉行が遊び人金さんに扮して悪人を捕まえるというおなじみのものだ。大体の筋書きは、悪徳商人と役人が組んでやくざ者などを使って悪事をなすという事件で、役立たずの同心が何もできないのを奉行が扮する金さんが見事に解決するというものだ。どれも同じことなので、次はこうなると分かっているのだが、それでもおもしろくて毎日見ていても飽きない」という。

「遠山の金さん」の見せ場は何と言ってもお白州の場面であるが、長勢さんによれば、おおおむね次のようになる。

ひどい目にあわされた人達が必死に悪徳商人、やくざ者を指さして「この人達です」と訴える。悪人達は「そんな証拠は何もない」とせせら笑う。ひどい目にあった人達は「金さんが見ていた」と反論するのだが、「金さんなんてどこにいるのか」と言われて下を向いてしまう。悪人らはここぞとばかりに「金さんを連れてこい。証拠を見せろ」などと一斉に騒ぎ出す。そこで奉行が立ち上がり、もろ肌脱いで「やいやい悪人どもめ、黙って聞いてりゃ勝手なことを言いやがって。そんなに証拠を見たけりゃ見せてやる。地獄の土産に江戸八百八町に咲いたこの遠山桜を拝みやがれ」の決め台詞を述べ、背中の刺青を見せる。悪人らがあっと驚き、「おそれ入りました」となる。奉行が沙汰を言い渡し、一件落着となる。

その上で、長勢さんは、「気に入っているのは、悪人らが『証拠を見せろ』などと一斉に騒ぎ出す場面である。これは最近の裁判と同じに見えるからである。殺人、傷害、強盗などの凶悪事件の裁判において、被告人、弁護士が、警察、検察の主張には証拠がない、自白の強要があったなどとして冤罪を主張することがおきまりで、それをメディアが大きく取り上げ、政治家も含め『救う会』が組織されるという仕組みになっている」という。若干決め付ける感があるが、この点は措く。更に長勢さんの解説が続く。

「遠山の金さん」で、「悪人が一斉に騒ぎ出すのを見ると、冤罪と騒ぎ立てる弁護士、メディア、政治家と同じように見える。違うのは『遠山の金さん』では『黙って聞いてりゃ勝手なことを言いやがって』と一刀両断にするところである。最近では悪人の言いたい放題がまかり通り、こんなことになることはないから、もろ肌脱いだ遠山奉行の場面になると痛快ですっきりする」というのである。そういうことなら、痛快時代劇を毎日見ても飽きない理由が何となく私にも理解できそうだ。

いずれにせよ、痛快時代劇をテレビで見ながら憂さを晴らしている長勢さんを想像するだけで楽しくなる。

証券マン

業界大手の銀行は、銀行と証券に関する顧客のニーズにワンストップで対応できるサービスの一つとしてロビー内に証券会社の「プラネットブース」を開設している。

ところが最近では、株取引手数料が安いネット証券が台頭してきたため、大手の証券会社は「プラネットブース」の業務を縮小しているようだ。とはいえ、インターネットに慣れない高齢の資産家にとって「プラネットブース」での取引の需要は、未だ根強いものがある。

今回は、プラネットブースで働く証券マンの話を紹介したい。

「銀行よ、さようなら、証券さん、こんにちは」

と、口ずさみながら、白髪の老人が、銀行の案内係に連れられて一階ロビー内の某証券会社のプラネットブースに現れた。

一見してどこでも見かける普通の老人。格子柄の半袖シャツに紺のズボン、やや細身で、眼鏡の奥の眼が鋭い。眉間の皺には気難しさを感じる。

老人が口ずさんでいたキャッチコピーは、貯蓄より投資が推奨されたバブル期に流行ったものだ。それは、プラネットブースで顧客対応に当たる証券マンのA君にも聞き覚えがあった。

それにしても老人の振舞いに、A君は少し違和感を覚えながらも、

「どうぞ、こちらにお掛けください」

と、老人に椅子を勧めた。

椅子に座った老人は、開口一番、

「京都ではひどい目に遭ったよ」

と、言い出した。

「どうされたのですか?」

と、A君が訊ねた。

「いやいや」

と、老人は、答えをはぐらかした。

「株の値動きを携帯で見たいのだけどね、君、どうすれば良いんだね」

「失礼ですが、当社の取引口座をお持ちですか」

「口座はあるが、本店二部で取引しているよ」

「取引口座をお持ちですので、当社のシステムはご利用できます。よろしければお持ちの携帯をお借りできますか」

「いいよ」

と言って、老人はA君に自分の携帯を手渡した。

A君が、老人から受け取った携帯を操作したところ、株価ボードを表示できるアプリケーションソフトが入っていなかった。

仕方なくA君は、携帯の無料ソフトを探し、アドビ・フラッシュ・プレーヤーをインストールして再度試みたが、結局上手くいかなかった。

「私なりにいろいろとやってみましたが、上手くできませんでした。申し訳ありません。

ただ、このブースの近くにドコモショップがありますので、よろしければ、そこまでご足労いただけませんか」

「それじゃあ、お願いします」

そう答えて老人は、A君と共にプラネットブース近くのドコモショップまで足を運んだ。ドコモショップで、A君は、店員に一通りこれまでの事情を説明した上で、老人の携帯を渡し、操作を依頼した。残念ながら、老人の携帯は、そもそも株価ボードを見るソフトに対応できない機種だった。そのことが分かって、老人はようやく納得した。


ひとまず、A君は、老人と共にプラネットブースに戻り、老人に椅子を勧めた。A君に好意を抱くようになった老人は、言われるまま椅子に腰を下ろしてA君と向かい合った。

「あのう、京都でひどい目に遭ったとおっしゃっていましたが、一体、何があったのですか。よろしければお話ししていただけませんか」

「いやあね、先日、僕の嵐山の別荘で数日過ごしていたんだ。祇園祭を観るため出掛けたついでに、たまたまお宅の京都支店に立ち寄ったのだよ」

「そこで何かあったんですか」

「窓口の担当者に、僕が『携帯で株の動きを見たいので、どうすれば良いのだね』と頼んでみた訳さ。ところがだなあ、君とは大違いで、一時間も待たされた挙げ句、『分かりません』の一言で帰らされた。余りにもひどいとは思わないかね」

老人の言うとおりなら確かに顧客対応に問題があったと認めざるを得ない。

そう思ったA君は、

「それは申し訳ないことをいたしました」

と、素直に謝った。

すると老人は、A君に唐突な質問をした。

「ところで、君はどこの大学出身だね」

「D大学です」

「そうか、D大学なら、昔、僕がE会社の人事部長をしていたときに、リクルートのためD大学に出向いたことがあったよ。確か理工学部だったなあ」

「D大学の学生さんは採用されたのですか」

「いや、だめだった」

「お客様は今もE会社にお勤めなのですか」

「今は顧問だけどね」

と、笑顔で老人が答えた。

これも人の縁だと思ったA君は、老人にメールアドレス入りの名刺を差し出して、深々と頭を下げた。

「今後とも当社をよろしくお願いいたします」

「今日は、いろいろと、ありがとう」

そう言って、老人は、自ら名乗らないままプラネットブースから立ち去った。


翌日、老人からA君宛にメールが届いた。

「A様　昨日は大変お世話になりました。貴兄の親切な応対に感動致しました！　本社の方にもその旨お伝えしました。今後ともご指導の程よろしくお願い致します。◯◯」

メールを読み終えたA君は、「老人の名は○○というのか」と呟きながら昨日の老人とのやり取りを思い出していた。

ともあれ、証券マンに限らず、職務上、日々様々な顧客と誠実に応対しなければならない人々の気苦労は、並大抵のものではない。それだけに人を見る目が養われることは間違いないだろう。

訟務局の復活

平成二七年四月一〇日、法務省訟務局が一四年振りに復活した。

実は、平成一三年に行政改革の省庁再編により一省につき一局削減の政府方針が示され、法務省でも訟務局が廃止されていたのだ。当時、省内では、訟務局以外の局が廃止されるのではないかという憶測も飛んでいたが、最終的には訟務局の廃止が決まった。法務省入国管理局長だった私は、かつて租税訟務課長等として訟務局に勤務したこともあって、何ともいえない寂しさを感じたことを記憶している。それだけに、今回の復活は誠に感慨深いものがある。

思えば、訟務局の歴史は、廃止と復活の繰り返しである。

昭和二七年八月一日、法務府が法務省に改組された際、新たに訟務局が設置されたが、昭和四三年六月一五日には、訟務局は廃止され、大臣官房訟務部に格下げになった。その後、昭和五一年六月二一日に、大臣官房訟務部が訟務局に昇格し、平成一三年に訟務局が廃止され、大臣官房訟務部門に格下げになったが、今回復活したのである。

訟務制度

訟務制度が創設されたのは戦後のことだ。

戦前は、各行政庁の所管事務に関する訴訟が提起されると、それぞれが弁護士に訴訟代理人を委任するなどして別個独立して訴訟活動を行っていた。これでは、行政庁の負担などが大きい上に、国益より省益が優先されるおそれがあった。

昭和二二年一二月、国の正当な利益を守り、国民と国家との間の法律上の紛争を適正に解決するため、国の利害に関係ある訴訟を統一的、一元的に処理する訟務制度が創設された。この制度の根拠法律が「国の利害に関係のある訴訟についての法務大臣の権限等に関する法律」(以下「権限法」という)である。

権限法では、国を当事者又は参加人とする訴訟について法務大臣が国を代表し、法務大臣は、法務省の所属職員又は当該訴訟に関する所管の行政庁(以下「所管行政庁」という)の職員を指定代理人に指定し、当該訴訟を統一的、一元的に遂行させることができるようになった。

翌二三年二月から権限法が施行された。

訟務部局の事務と予防司法

訟務局は、法務省の内部部局で、訟務制度に関する事務を所掌する。訟務局長、各課長、参事官及び局付検事並びに各法務局訟務部長及び部付検事には法曹資格を有する者が充てられる。その多くは裁判官出身者である。歴代の局長はいずれも裁判官出身者だ。

訟務部局の主な事務を紹介したい。

実際に国を被告とする訴訟が提起されると、その管轄区域の法務局訟務部に所属する部付検事（訟務検事）、法務局の職員、所管行政庁の職員が指定代理人に指定される。彼らが個々の訴訟対応を行うことになる。事案によっては、訟務局の課長、参事官や局付検事が指定代理人に指定されることもある。

そして訴状が国（法務省）に送達されると、訟務局は、当該事件を担当する法務局に事件を移送し、所管行政庁に事件の受理を通知するとともに事件に関し調査の上回報するよう依頼する（ただし回報先は担当法務局）。

法務局の訟務部では、訟務検事らが所管行政庁からの調査回報と答弁書案をもとに答弁書を作成して個別に国側の主張を展開することになる。

この場合において、一つ一つの事件で行政庁の意見をそのまま代弁するのではなく、行政庁に必要な調査や証拠収集を徹底させ、法的な観点から適切な意見を述べ、行政庁との間で適正な主張・立証方針を固めた上で、適切な訴訟を遂行しなければならないことだ。それが国益を考えた統一的な対応といえるのである。

近年、国が当事者（原告・被告）となっている訴訟事件が増加している。中でも、国の政治・行政・経済に大きな影響を及ぼす「重要大型事件」の件数は、平成二八年末現在で約三八〇〇件と、五年前の約二・五倍にもなっている（平成二九年九月一七日付産経新聞朝刊）。

主なものとして福島第一原発事故を巡る国家賠償請求訴訟、米軍普天間飛行場の名護市辺野古沿岸移設を巡る訴訟、衆議院員議員総選挙無効確認訴訟、原発設置許可無効確認・運転差止め訴訟、B型肝炎訴訟などが挙げられる。

因みに、平成二八年三月四日、米軍普天間飛行場の名護市辺野古沿岸移設を巡る訴訟では、国と沖縄県との和解が成立し、辺野古沿岸埋立て承認取消し（以下「本件埋立承認取消し」という）の取消しを求める訴訟等、係争中の全ての訴訟が取り下げられた。この件に関し、菅官房長官が訟務局幹部らと協議し、訴訟に勝訴できると判断し、その旨報告を受けた安倍首相が最終的に和解の受入れを決断したという（平成二八年三月一二日付日本経済新聞朝刊）。誠に興味深い話である。

その後、国は、和解条項に従い、沖縄県に対し本件埋立承認取消しの取消しを求める指示を行ったが、県がこれに従わず、かつ法定の期間内に国の指示についてその取消しを求める訴えも提起しなかった。そのため、国は、平成二八年七月二二日、地方自治法第二五一条の七第一項に基づき、国の指示に従って県が本件埋立承認取消しを取り消さないことが違法であることの確認を求める訴訟を提起した。

この訴訟については、同年一二月二〇日、最高裁判所は、県が本件埋立承認取消しを取り消さないことは違法であると判断して、県の上告を棄却した。これにより県の敗訴が確定し、中断されていた辺野古沿岸部の埋立て工事が再開されたのである。

訴訟事務以外でも、現に、行政庁が将来の訴訟リスクにつながる法律問題を抱えながら、政策を判断する必要がある案件も少なくない。

訟務部局は、このような案件の法律問題について、行政庁から法律上の意見照会を求められたときには、照会に応じて適切な法律上の意見を開陳して適切に対応をしなければならない。いわば法律紛争を未然に防止する「予防司法」という重要な役割も果たしているのである。

今回の訟務局の復活後、各府省庁からの法律意見照会案件も増えており、平成二九年八月末までに二〇府省庁から人事、情報公開などに関する意見照会が約六八〇件も寄せられたという（前掲産経新聞朝刊）。

また、我が国は、平成二八年二月四日、ＴＰＰ（環太平洋経済連携協定）に参加する日米等一二か国が協定文に署名した。これにより外国企業がＴＰＰに基づき投資先の国に賠償を求める訴訟が増えることも予想される。同年四月に、政府は、国際司法分野における訴訟リスクを未然に防止し、実際の訴訟対応に当たる専門チームを訟務局に立ち上げ、外務省国際法局と連携する態勢を構築したという。

判検交流について

現在、多くの裁判官出身者は、国が当事者となる訴訟事件につき国の指定代理人を務め、その訴訟遂行に当たるなどして訟務行政を担っている。

私自身、訟務局勤務当時、裁判官出身者と共に国の指定代理人を務め、時には激論を戦わせ、彼らの見識や豊富な法律知識に目を開かされ、多くのことを学んだ。そして何よりも、国の正当な利益を守り、適正かつ充実した訴訟活動を行う上で、裁判官出身者の果たす役割が極めて大きいことを知った。

ただ、裁判官出身者の多くは、三年ないし四年で元の職場である裁判所に復帰する。そのため、訟務検事等として国の指定代理人を務めた裁判官が国を被告とする国家賠償請求訴訟等を担当することもあり得る。

この点について裁判の公正を損なうとの指摘もある。これが判検交流問題の一つだ。実際のところ、裁判官出身者が訟務部局での有益な経験を生かして公正な裁判に努めているのが実情ではないかと思う。それは、何人かの裁判官出身者から、「段の上（裁判官席）から見えなかったものが、段の下（当事者席）に身を置いて初めて見ることができたものが少なくない」という話を聞かされていたからだ。

いずれにせよ、今後、訟務部局に求められる役割はますます重要となってくるだろう。

死刑について

平成二九年一二月一九日、法務省は、一家四人を殺害したなどとして強盗殺人罪等の罪で死刑になった関光彦死刑囚（犯行時一九歳、執行時四四歳）ら二人の死刑を執行したと発表した。

犯行時少年であった死刑囚の死刑執行は、連続殺人魔事件の永山則夫死刑囚以来二〇年振りのことだった。少年法第五一条第一項は、犯行時一八歳未満の者に対しては死刑をもって処断すべきときは無期刑を科すると定めている。そのため、少年に死刑判決が言い渡される事例は極めて少ない。最近でも、犯行時一八歳の少年による光市母子殺害事件（最高裁平成二四年二月二〇日第一小法廷判決・判例時報二一六七号一一八頁参照）のほかに一件があるだけだ。

因みに、平成三〇年一二月末現在、未執行の死刑囚の数は一一〇人だという（同年一二月二七日山下貴司法務大臣記者会見・法務省HPより）。

死刑の執行手続

死刑の執行は、法務大臣の命令を必要とし、その命令は、死刑判決確定の日から六か月以内にこれをしなければならないとされている（刑事訴訟法第四七五条）。

実際のところ、判決確定後六か月以内に死刑が執行される事例は多くはない。また、過去には、在任中に死刑執行命令書に署名しないと発言し、それを実践した法務大臣もいたが、その一方で、鳩山邦夫法務大臣は一三人、上川陽子法務大臣は一六人の死刑執行を命じた。

死刑は、刑事施設内で絞首して執行するとされている（刑法第一一条）。ここでいう刑事施設とは拘置所のことであり、死刑囚は拘置所に収容されているが、死刑判決の確定後死刑執行までの手続については、一般にはあまり知られていない。

死刑判決が確定すると、死刑の執行を指揮すべき検察官（執行指揮検察官）が属する検察庁の長（検事長）は、法務大臣に対し、確定刑事訴訟記録（未提出記録を含む）及びその裁判書の謄本を添えた死刑執行上申書を提出し、死刑執行に関する上申をする。法務省刑事局では、確定刑事訴訟記録等を調べ、確定判決に事実誤認がないか、量刑が相当か、再審事由や恩赦事由がないかなどについて検討する。

なお、死刑囚の中には再審請求している者もいるが、そのこと自体は死刑執行を回避する理由とされていない。この点について、山下法務大臣は前掲記者会見で「再審請求を行っているから死刑を執行しないとの考え方はとっていない」と述べている。

刑事局は、死刑の執行が相当だと判断した場合、矯正局、保護局の意見を徴し、法務大臣に死刑執行上申書と共に死刑執行命令書を提出し、その裁可を仰ぐことになっている。これを了とした法務大臣が、死刑執行命令書に署名し、死刑の執行を命じると、執行指揮検察官は、五日以内に、死刑執行指揮書により、拘置所の長に対し、死刑の執行指揮を行う。拘置所の長が刑務官に指揮して死刑を執行する。

具体的には、拘置所内の刑場で、刑務官が、死刑囚の首にロープをかけ、踏み板の上に立たせた後、三人の刑務官が踏み板を開落させる三つの押しボタンスイッチを同時に押すが、そのうちの一つの押しボタンだけが繋がる仕組みになっている。踏み板の開くことにより死刑囚は首つり状態で絞首される。これに立ち会うのは、検察官、検察事務官及び拘置所の長又はその代理者である。刑の執行後、検察事務官が執行始末書を作成し、各立会者がこれに署名押印する。

死刑制度は合憲か

刑法第九条は、刑の種類として「死刑、懲役、禁錮、罰金、拘留及び科料を主刑とし、没収を付加刑とする」と定めている。

この規定について、最高裁判決は、次のように述べて憲法に違反しないとした（最高裁昭和二三年三月一二日大法廷判決・刑集二巻三号一九一頁）。

「憲法第一三条は、すべて国民は個人として尊重せられ、生命に対する国民の権利については、公共の福祉に反しない限り、立法その他の国政の上で最大の尊重を必要とする旨を規定しているから、もし公共の福祉という基本的原則に反する場合には、生命に対する国民の権利といえども立法上制限乃至剝奪されることを当然予想している。さらに、憲法第三一条によれば、国民個人の生命の尊貴といえども、法律の定める適理の手続によって、これを奪う刑罰を科せられることが、明らかに定められているので、憲法は、刑罰として死刑の存置を想定し、これを是認したものと解すべきである。言葉をかえれば、死刑の威嚇力によって一般予防をなし、死刑の執行によって特殊な社会悪の根元を絶ち、これをもって社会を防衛せんとしたものであり、また個体に対する人道観の上に全体に対する人道観を優位せしめ、結局社会公共の福祉のために死刑制度の存続の必要性を承認したものと解せられるのである。死刑は、窮極の刑罰であり、また冷厳な刑罰ではあるが、刑罰としての死刑そのものが、一般に直ちに残虐な刑罰を禁ずる憲法第三六条にいういわゆる残虐な刑罰に該当するとは考えられない」

死刑制度と世界の動き

では、世界各国の死刑制度について見てみよう。

第二次世界大戦後、イタリア、西ドイツで死刑が廃止された。その後、イギリスでは、昭和四四年、北アイルランド及び一部法域を除き、死刑が廃止された。フランスでは、昭和五六年、ミッテラン大統領の下、死刑が廃止された。このような死刑廃止の動きがヨーロッパ諸国に広がり、昭和五七年、欧州評議会は平時における死刑廃止を規定した欧州人権条約第六議定書を採択した。平成元年、国際連合も平時における死刑廃止を規定した。同一四年には、欧州評議会は、すべての状況下での死刑廃止を規定した欧州人権条約第一三議定書を採択し、ＥＵの全加盟国が同議定書に署名した（司法研修所編『裁判員裁判における量刑評議の在り方について』一二八頁以下・法曹会）。

このような死刑廃止に向けた世界的な潮流の中で、死刑廃止国が増加している。因みに平成二八年一二月現在、死刑存置国は五七か国（アメリカ、日本、中国、インド、エジプト、中東諸国等）であるが、一方、すべての犯罪に対し死刑を廃止している国は一〇四か国（ＥＵ諸国等）、通常の犯罪に対してのみ死刑を廃止している国は七か国（ブラジル、チリ等）、死刑の執行を停止した事実上の死刑廃止国は三〇か国（韓国、ラオス等）である

（アムネスティ・インターナショナルＨＰより）。

死刑制度と国民意識

死刑制度は、前掲の最高裁判決が判示しているように、「常に、国家刑事政策の面と人道上の面との双方から深き批判と考慮が払われている。されば、各国の刑罰史を顧みれば、死刑の制度及びその運用は、総ての他のものと同様に、常に時代と環境とに応じて変遷があり、流転があり、進化がとげられてきた」のである。

我が国においても同様で、江戸時代から明治三年まで、死刑は次の四種類ないし五種類あったという（牧英正・安竹貴彦著『大阪「断刑録」明治初年の罪と罰』四六頁以下・阿吽社参照）。

①磔刑《たっけい》　はりつけ。
②焚刑《ふんけい》　火あぶり。
③斬刑《ざんけい》　袈裟切り。ただし明治二年八月に廃止された。

④刎首刑《ふんしゅけい》　首はね。ただし明治二年八月に斬首刑に改められた。
⑤梟首刑《きょうしゅけい》　さらし首。

当時、磔刑は死刑の中でも最も重い刑だった。

因みに、明治二年九月一八日、元奉公先の主人夫婦を殺害した無宿の男（当時二八歳）が、大坂町中引廻しの上、磔にされた。江戸時代には、親や主人に対する殺人は「逆罪」と呼ばれ、死刑の中でも最も重い「磔」が科されていた。明治初年でもこのような考え方が受け継がれていたという（前掲書七九頁以下）。

この事件は次のようなものだった。

尾張生まれの伊八は、放蕩により親から勘当され、大坂に流れてきた。

明治二年七月下旬、伊八は、難波新地の諸鳥煮売屋「近江屋」に住み込みで下人奉公に入ったが、主人の喜三郎に気に入られず、七日ほどで暇《いとま》を受けて漂泊の身となった。

忽ち暮らしに困った伊八は、「近江屋」に盗みに入り、物色を始めたが、物音に気づいて起き出した喜三郎とその女房たみが、伊八を認め「盗人だあ！」と大声で叫んだ。咄嗟に、伊八は二人を殺害することを決意し、料理場から出刃包丁を持ち出し、喜三郎めがけて切りつけたが、喜三郎の逆襲に遭った。これに妊娠中のたみも加勢した。

格闘の末、創を負った喜三郎は「金が要るなら箪笥から持って帰れ」と叫んだ。伊八はその箪笥から金札六両三分を奪い取った。傍らで一部始終を見ていた主人の息子（九歳）が帳箱から金札一両二分二朱と銭一貫五〇〇文を伊八に差し出し、「これで堪忍して」と懇願した。喜三郎も息子共々命乞いをした。伊八は、これを聞き入ず、喜三郎の脇腹を包丁で突き刺して殺害した。

伊八は、主人の息子に「騒いだら殺す」と脅し、なおも物色を始めたが、部屋で倒れている「たみ」に気付き、事件の発覚を怖れた伊八は、たみの腹などを包丁で突き刺して殺害した後、表口から逃走した。

その日の朝、住込みの下女三人が喜三郎らの悲惨な姿を発見し、役人に通報したため、まもなく伊八は召し捕られ、吟味を受け、「大坂町中引廻の磔」という沙汰が下された。

この事件で興味深いのは、住込みの下女三人に対する処分だ。

二六歳と二三歳の下女には、事件当時、近江屋の「二階奥の間で寝ていたといえ、居宅で主人夫婦が殺害されるのを知らずいた」のは「不埒」として「三十日押込」（私宅での軟禁）の刑が、一三歳の下女には「急度叱り《きっと》」が科された。これは、当時も主人の危難の際には奉公人は身命を賭して救護すべきものと考えられていたからだという。

ともあれ、明治三年一二月に「新律綱領」が布告され、これにより磔刑が廃止されて死刑は次の三種類になった。

①絞首刑
②斬刑（それまでの刎首刑を改められたもの）
③梟首刑

明治六年七月に施行された「改定律例」でも、死刑の種別は同様とされた。

明治一三年七月に旧刑法が制定され（施行は明治一五年一月）、ようやく死刑は絞首刑だけになり、それが現行刑法に引き継がれている。

我が国では、五年毎に内閣府が死刑制度についての国民の意識調査を実施している。それによると、死刑廃止意見は、平成一六年で六・〇％、同二一年で五・七％、同二六年で九・七％であるのに対し、死刑存続意見は、同一六年で八一・四％、同二一年で八五・六％、同二六年で八〇・三％である。要するに、日本の国民の多くは死刑の存続を容認しているものといえよう。

我が国が死刑制度を存続させる理由

我が国が死刑制度を存続させる理由については、山下法務大臣が前掲記者会見で次のように述べている。

「死刑制度の存廃については、国際機関における議論の状況や、諸外国における動向等、様々な議論があり得ると思います。そういった動向も参考にしつつも、基本的には各国において、国民感情、犯罪情勢や刑事政策の在り方等を踏まえて、独自に決定すべき問題であると考えています。そして、国民世論の多数が、極めて悪質・凶悪な犯罪については死刑もやむを得ないと考えており、多数の者に対する殺人や強盗殺人等の凶悪犯罪が残念ながら未だ後を絶たない今の状況に鑑みると、その罪責が著しく重大な凶悪犯罪を実行した者に対しては、死刑を科すこともやむを得ないと考えており、死刑を廃止することは適当ではないと考えています」

おわりに

このように見てくると、日本人という民族は、死でもって罪を償うことを当然のこととし、むしろその執行方法に意味を持たせてきたのではないだろうか。江戸時代に定着した切腹は、自ら死刑を執行するものであるが故に、武士にとっては名誉とされたのであろう。その一方で、磔刑、焚刑、梟首刑は恥ずべきものと位置づけされていたように思う。

見方を変えれば、これらの刑の執行は、一般予防としての死刑の威嚇力が最も強いことと相まって、言葉として適切かどうかの点は措くとして、一面、民衆にとっては見世物としての娯楽のひとつであったことは否定し難い。もとより、今の時代にあっては、磔刑、焚刑、梟首刑は、人道上の見地から残虐性を有し、正に憲法第三六条にいう「残虐な刑罰」に当たることは言うまでもない。

いずれにせよ、死刑制度の是非は、その国の歴史や民族性を抜きにして語ることができないものであろう。

堺出島漁港

刑法から強姦罪が消えた？

はじめに

「刑法から強姦罪が消えた」と聞けば、驚かれるかもしれない。

平成二九年六月一六日、「刑法の一部を改正する法律」が成立し、同月二三日法律第七二号として公布され、翌七月一三日から施行された。

近年における性犯罪の実情等に鑑み、事案の実態に即して対処できるようにするための大幅な改正である。

強姦罪の構成要件と法定刑を改めて罪名を「強制性交等罪」に変更するとともに、監護者わいせつ罪及び監護者性交等罪を新設し、さらに強姦罪等を親告罪とする規定を削除することなどが主な改正点である。

この結果、明治四〇年の現行刑法制定以来維持されてきた「強姦罪」という罪名が刑法から消えることになったのである。

では、主な改正点について以下説明したい（詳細は今井將人「刑法の一部を改正する法律の概要」・研修第八三〇号三九頁以下を参照されたい）。

強制性交等罪の新設

改正前の刑法第一七七条（強姦）では、「暴行又は脅迫を用いて一三歳以上の女子を姦淫した者は、強姦の罪とし、三年以上の有期懲役に処する。一三歳未満の女子を姦淫した者も、同様とする。」と規定されていた。そのため、強姦罪で処罰される対象は、女子に対し性交（姦淫）する行為に限られていたのである。

改正後の刑法第一七七条（強制性交等）では、「一三歳以上の者に対し、暴行又は脅迫を用いて性交、肛門性交又は口腔性交（以下「性交等」という）をした者は、強制性交等の罪とし、五年以上の有期懲役に処する。一三歳未満の者に対し、性交等をした者も、同様とする。」と改められた。

これにより、性交（姦淫）だけでなく、肛門性交や口腔性交も、強制性交等罪で処罰される対象となった。これは、従前強制わいせつ罪の処罰対象だった性交類似行為の中でも、濃厚な身体的接触を伴う肛門性交や口腔性交については、性交（姦淫）と比べ、その悪質性や身体的・精神的被害の重大性に差がないと考えられたからである。

また、被害者が被る身体的・精神的被害は、性別の違いによって異なるものでない。このような観点から、犯罪の被害者（客体）を「女子」から「者」に改め、それには男性も含むこととされたのである。

従前、強姦罪については、事実上、強姦をする者は男性に限られてきたが、今回の改正により、強制性交等罪の行為者（主体）は、男性のみならず、女性も含まれることになった。例えば、女性が男性の陰茎を自分の膣内に無理矢理入れさせる行為や、男性が別の男性の陰茎を自分の肛門内に無理矢理入れさせる行為は、これまで強制わいせつ罪で処罰されていたが、改正後は強制性交等罪で処罰されることになった。

強制性交等罪の被害者（客体）が一三歳以上の者の場合は、本罪の成立には暴行又は脅迫を用いることが必要であるが、被害者の真意に基づく承諾があれば、本罪は成立しない。被害者が真意の承諾をしたものと行為者が誤信した場合も故意を欠き、本罪は成立しない（前田雅英編『条解刑法第3版』五〇五頁・弘文堂参照）。

一方、被害者が一三歳未満の者の場合は、暴行又は脅迫を用いなくても本罪が成立し、被害者の承諾があっても本罪の成立は否定されない。これは、刑法上、一三歳未満の者には性交等について承諾するかどうかの判断能力がないものとみなされているからである（前掲書九八頁参照）。

なお、夫婦間の強制性交等であっても、一般的に被害者の承諾が推認されることなく、強制性交等罪が成立する（前掲書五〇四頁参照）。

法定刑の引き上げ

さらに、今回の改正では、性犯罪の重罰化が図られた。

これまでは、強姦罪の法定刑の下限である懲役三年は、強盗罪や現住建造物等放火罪の法定刑の下限である懲役五年よりも低かった。ところが、最近の裁判での量刑結果をみると、五年を超える懲役に処せられた事件の割合は、強盗罪や現住建造物等放火罪よりも強姦罪の方が高い。そうすると、これまでの強姦罪の法定刑の下限は低きに失し、国民の意識ともかけ離れていると言わざるを得ない。

このような状況を踏まえ、強姦罪の構成要件を見直して設けられた強制性交等罪の法定刑の下限は、強盗罪や現住建造物等放火罪と同様に懲役五年に引き上げられた。これに伴い、強制性交等致死傷罪（改正前の強姦致死傷罪）の法定刑の下限も、懲役五年から懲役六年に引き上げられた。

監護者わいせつ罪及び監護者性交等罪

次に、今回の改正で刑法第一七九条として新設された監護者わいせつ罪（第一項）及び監護者性交等罪（第二項）について触れておきたい。

同条により、一八歳未満の者に対し、その者を現に監護する者であることによる影響力があることに乗じて、わいせつな行為をした者は、六月以上一〇年以下の懲役に、性交等をした者は、五年以上の有期懲役に処されることになった。

これまで、実親や養親等が一八歳未満の者を監護している場合、一般に精神的に未熟な被監護者が経済的にも精神的にも監護者に依存していることもあって、これに乗じた監護者が、一八歳未満の被監護者に対し性交やわいせつ行為を繰り返す事案が少なくなかった。実際、この種の性犯罪を犯した監護者を検挙しても、犯行を繰り返していることが多く、そのすべての日時、場所を具体的に特定することは容易ではない。仮に、その一部の犯行を特定することができたとしても、当該性的行為の場面だけを取り出して見ると、暴行又は脅迫が認められないため、やむなく起訴を断念したという事例も散見された。

このような事案について、暴行又は脅迫を用いなくても処罰が可能になるよう、監護者わいせつ罪及び監護者性交等罪が新設されたのである。もとより、本罪の趣旨に照らすと、一八歳未満の者が監護者との性的行為に同意していたとしても、そのことは本罪の成立を否定する事情にはならないだろう。

親告罪規定の削除

最後に、強姦罪等の性犯罪を親告罪とする規定が削除されたことについても補足しておきたい。

従前は、性犯罪については、被害者の意思を尊重してその告訴がない限り公訴を提起することができないこととされていた。これは、通常、性犯罪について公訴を提起すると、被害者の名誉やプライバシー等が侵害されるおそれがあるからである。

しかしながら、性的犯罪の被害者に告訴するか否かの選択を迫ることはかえって被害者に精神的な負担を生じさせる可能性が高いことも否定できない。このような点を考慮し、強姦罪等を親告罪とする規定を削除することになったのである。もとより、性犯罪の捜査・処理に当たっては、被害者の心情に配慮し、その意思を丁寧に確認するなど適切な対処が求められるだろう。

おわりに

性犯罪に対する社会的な評価が時代と共に変遷していることは否定し難い。そして近年、いわゆる「性の中立化」が著しく進んだように思う。今回の刑法改正で、一面それが色濃く反映されたものとはいえ、昭和の時代に青春を謳歌した人間にとっては肌感覚で理解するまで時間がかかるかもしれない。

海外での犯罪被害と刑法

はじめに

平成三〇年、外国人の入国者数は、前年比約九・七パーセント増の約三〇一〇万人、日本人の出国者数も前年比約六・〇パーセント増の約一八九五万人に上った（平成三一年一月二三日法務省入国管理局発表）。いずれも過去最高を記録した。勢い、日本人が海外で犯罪の被害に遭う機会が増加するだろう。

因みに、外務省のホームページ「海外邦人援護統計」によると、平成二九年に海外で犯罪被害に遭った日本人は、前年より三〇一人増え、四七一〇人だったという。

刑法第三条の二

平成一五年七月一八日の刑法の一部改正（法律第一二二号）により、日本国外で日本国民が日本国民以外の者から殺人など一定の重大な犯罪の被害を受けた場合、その犯人にも我が国の刑法を適用する国外犯処罰規定が新設された。それが刑法第三条の二である。同条は「この法律は、日本国外において日本国民に対して次に掲げる罪を犯した日本国民以外の者に適用する。」と規定する。

対象犯罪は、日本国外における国民保護の観点から、人の生命・身体並びにこれらに準じる身体活動等の自由及び性的自由を保護法益とする罪に限定された。その罪名は次のとおりである。

①強制わいせつ、強制性交等、準強制わいせつ及び準強制性交等、監護者わいせつ及び監護者性交等、並びにこれらの未遂罪、強制わいせつ等致死傷の罪、②殺人の罪及びその未遂罪、③傷害及び傷害致死の罪、④逮捕及び監禁及び逮捕等致死傷の罪、⑤

未成年者略取及び誘拐、営利目的等略取及び誘拐、身の代金目的略取等、所在国外移送目的略取及び誘拐、人身売買、被略取者等所在国外移送、被略取者引渡し等、並びにこれらの未遂罪の罪、⑥強盗、事後強盗、昏酔強盗、強盗致死傷並びに強盗・強制性交等及び同致死の罪並びにこれらの罪（第二四一条第一項の罪を除く。）の未遂罪

なお、旧刑法でも日本国外で日本国民に対する一定の犯罪を犯した外国人に刑法を適用できる旨の規定があったが、昭和二二年の刑法改正で、新憲法下の国際協調主義の精神から犯罪地国に処罰をゆだねるべきであるという理由により削除されていた。

タジマ号事件

刑法第三条の二の規定が新設される契機となったのが、いわゆる「タジマ号事件」である。この事件は、熾烈な国際海運競争の中で、人件費などのコスト削減や税負担の軽減のために船籍を他国に置く便宜置籍船の問題をクローズアップさせた。

事件の顚末を紹介しよう。

平成一四年四月七日未明、原油タンカー・タジマ号が台湾沖の公海を航行中、船舶内で、フィリピン人船員のAとBが日本人の二等航海士Vに暴行を加え、Vを甲板から海中に投げ入れて殺害するという殺人事件が発生した。

タジマ号は、日本のKタンカーが運航する船舶で、その日の乗員は船長ら日本人六人とフィリピン人一八人の計二四人だった。

四月八日、船長は、船員Cから「船員のAとBが二等航海士Vを甲板から海に投げ入れるのを目撃した」との報告を受けたため、船長の警察権限により、AとBの身柄を確保し、二人を事実上の監視下に置くとともに、Kタンカー経由で第一一管区海上保安本部に事件を報告した。

四月一一日、大阪入国管理局神戸支局は、Kタンカーから、「タジマ号でフィリピン人船員AとBが日本人の二等航海士を殺害する事件が起きたので、会社としては、速やかに犯人の二人を下船させたいと考えているが、上陸が許可される可能性があるのか」などとの問い合わせを受けたことから、事前に、法務省入国管理局にその取扱いに関し指示を仰いできた。

問題は、タジマ号が、パナマ共和国籍の外国船舶で、所有者もパナマ国内のウェルマウス・プロプリエタリィ社（日本郵船が一〇〇％出資）という便宜置籍船だったことである。

当時の我が国の刑法には、日本国外での自国民に対する犯罪を犯した国民以外の者を処罰する規定がなかったため、我が国の捜査当局が外国船舶であるタジマ号で犯罪を犯したフィリピン人船員のAとBを逮捕し、その身柄を確保することもできなかった。また、犯人の国籍国であるフィリピンも自国民の国外犯処罰規定がなかった。

結局、海洋法に関する国際連合条約（以下「国連海洋法条約」という）第九二条等に基づき、犯人に対する刑事裁判権を行使できるのは、唯一タジマ号の船籍地であるパナマ共和国だけだったのである（これを「旗国主義」という）。

この事態を解決する方法としては、パナマ政府が日本政府に犯罪人引渡条約（以下「引渡条約」という）に基づき殺人犯であるAとBの仮拘禁を請求し、これを受けた日本政府が逃亡犯罪人引渡法に基づき裁判所から仮拘禁許可状の発付を受け、二人を拘束してタジマ号から下船させ、刑事施設に仮拘禁するしかなかった。そのためには、まずはパナマ政府において仮拘禁を請求するための証拠資料を入手する必要があったのである。

当時法務省入国管理局長だった私は、フィリピン人船員のAとBが殺人犯であるのにもかかわらず、二人に我が国の刑法を適用できない上、逃亡のおそれすらある以上、安易に二人の上陸を許可するべきではないと考え、担当課から神戸支局に対し、仮に上陸許可の申請があったとしても許可しない方針で対処するよう指示した。

いずれにせよ、入国管理局としては、外務省、海上保安庁等の関係部局との連絡を密にし、日本政府とパナマ政府との外交交渉を見守るしかなかった。とはいえ、私は、速やかに刑法を改正して抜本的な解決を図るべき問題だと思った。もとより、日本政府としては、外交ルートを通じパナマ政府に早期解決に向けた働き掛けを行っていた。

四月一二日、パナマ政府は、国連海洋法条約第二七条（沿岸国が例外的に逮捕又は捜査を行うために刑事裁判権を行使できる場合が列挙されている）に基づき、沿岸国である我が国の当局に対し、タジマ号が我が国の領海に入った時点で、今回の殺人事件の現場検分、犯人及び目撃者の事情聴取等につき、その捜査援助を要請した。

同日、タジマ号が姫路港に入港して停泊したため、海上保安庁はパナマ政府の右要請に基づき海上保安官による捜査を開始した。

その後、Kタンカーや関係団体は、法務省入国管理局等に対し、犯人のAとBについて仮上陸させるなどの措置を求める陳情を繰り返したが、局長の私は当初の方針を変更しなかった。そのため、犯人二人は、タジマ号の船内で船長の事実上の監視下に置かれることになった。

ようやく、五月二日に至り、日本政府がパナマ政府に対し右要請に係る捜査報告書を送付したことから、事態が動き出した。

五月一四日には、パナマ政府は、引渡条約に基づき日本政府に対し犯人のAとBの仮拘禁を請求した。逃亡犯罪人引渡法に基づき、東京高検が東京高裁に仮拘禁許可の請求をし、同高裁が仮拘禁許可状を発付した。

翌一五日、仮拘禁許可状により身柄を拘束された犯人二人は、タジマ号から下船し、東京高検に移送された後、東京拘置所に拘禁された。この結果、タジマ号は、姫路港からペルシャ湾に向けて出港することができた。

五月下旬、パナマ政府は、引渡条約に基づき日本政府に対し犯人二人の引渡しを請求したため、東京高検は、東京高裁に引渡しの可否につき審査請求をした。

八月一二日、東京高裁は、右審査請求に対する裁判を開き、引渡しを可とする決定をした。日本政府はパナマ政府に引渡許可状を送付した。

九月六日、犯人二人は、引渡許可状によりパナマ政府に引き渡された。その後、二人は殺人罪で起訴されたが、平成一七年五月一八日、残念ながら、パナマの裁判所は二人に無罪判決を言い渡した。

国外犯処罰規定の適用と課題

刑法第三条の二は、既に説明したとおり、日本国外で日本国民が外国人による犯罪被害を受けた場合、日本の刑法の適用を認めるものである。それは、我が国の捜査当局が外国において捜査を行うなど他国の領域主権を侵すような行為を可能にするものではない。

このことは、従来と変わりはなく、一般的には、外国の当該犯罪地国に犯人と証拠が存在することから、まずは当該国に捜査や犯人の処罰をゆだねるのが適当な場合が多いと思われる。

とはいえ、今回の法改正により、我が国は、事案に応じ、外交ルートを通じて国際捜査共助や引渡条約に基づき、当該犯罪地国に犯人の身柄引渡し等を求める手続を経て、犯人の引渡しを受けた場合とか、犯人が我が国に入国していた場合には、捜査権限を行使して犯人を処罰することができるようになった意義は大きいと思う。

また、今後、タジマ号事件のように公海上を航行中の外国船舶内で外国人が日本国民を殺害する事件が発生した場合、我が国は次のようなときに前同様の捜査権限等を行使できることになった。

①当該船舶が我が国の領海を通航中に船長又は当該船舶籍の国の外交官が沿岸国である我が国の当局に支援を要請したとき

②当該船舶が領海内で停止しているとき

③当該船舶が我が国の港に入港したとき

なお、刑法第五条は「外国において確定裁判を受けた者であっても、同一の行為について更に処罰することを妨げない。ただし、犯人が既に外国において言い渡された刑の全部又は一部の執行を受けたときは、刑の執行を減軽し、又は免除する。」と規定しているので、今後は、犯人の外国人が外国で処罰されている場合でも、刑法第三条の二の規定が適用できるときには、我が国が刑事裁判権を行使して更にその者を処罰することも可能になった。

凶悪犯罪と精神鑑定

はじめに

殺人事件など社会の耳目を引く事件が起き、連日のようにマスコミ報道がなされると、意見を求められることが少なくない。例えば、

「……の殺人事件ですが、容疑者の女は起訴されるのですか？　今朝の新聞を読むと、容疑者は『身に覚えがない』と全面的に犯行を否認しているようですが、状況証拠からみて犯人に間違いないと思います。当然起訴されるでしょうね。どう思われますか。そもそも検察が起訴するかどうかの基準はあるのですか」

というものである。

かつて検事長在職中、私は、管内の検察官に対し「検察は従来から法と証拠に基づき処罰すべき者は処罰するという方針を採ってきた。もとより、処罰価値のない者、あるいは不起訴にすべき者は、しっかりと不起訴にしてきた。このような考え方は、検察の基本方針として、裁判員制度が始まっても、変えてはならないし、守り続けなければならない」などと訓示していた。

退官した後も、訓示で述べた起訴・不起訴についての検察の方針は堅持されるべきであるという私の考えには変わりはない。そのこともあって、先ほどのような質問を受けたときは、「検察は、法と証拠に基づき処罰すべき者は起訴する。それが検察の起訴の在り方だと思っています」と答えているが、多くの場合、それだけではすぐに納得してもらえない。時には、「法と証拠の中身、特にどの程度の証拠があれば起訴されるのか。そのことを教えてほしい」と、逆に質問されることが少なくない。

結局、起訴か不起訴かは具体的な証拠関係を踏まえて判断することになる。とはいえ、一般の国民からすれば、事件の概要はマスコミ報道によってしか知るよしもなく、警察・

検察がどのような証拠を収集しているのかも分からないので、判断のしようがない。

いずれにせよ、私は「事件が複雑であればあるほど、検察は難しい判断を迫られることになりますが、マスコミ報道だけでは何とも言えませんね」などと、答えになっていない答えをして勘弁してもらっている。

検察の起訴の在り方

検察の起訴の在り方について、私が在職当時、具体的にどのように考えていたかを、検察実務の実情などを紹介しながら記してみたい。

検察は、有罪判決が得られる見込みが確実でないと起訴しないというのが一般的な考え方だった。そのため、法律上疑義がある場合や捜査を尽くしても証拠上積極消極相半ばする場合は起訴に踏み切ることはほとんどなかった。いわば検察自らが起訴のハードルを高くして事件処理を行う傾向にあった。その結果、事案にも依るが、従来型の検察権行使が時代に合っていない場面が生じていたことも否定し難い。

私は、このような現状認識を踏まえ、従来の起訴のハードルを少し低くして、時代に合った、しかも国民の期待に応える検察権の行使を模索し続けていた。敢えて言うならば、検察は、刑事司法の担い手として捜査・公判・裁判の結果まで、そのすべてについて単独で責任を負わねばならないという意識を強く持ちすぎていたのではないか。それはある意味では呪縛といえるかもしれない。このような呪縛から解放されて、あるときは裁判所に、あるときは弁護人に相応の責任を負担してもらうという在り方があってもよいのではないか。いつしかそのように考えるようになった。

例えば、検察として、その権限に基づく相当な捜査を尽くしている場合、起訴のハードルを低くして、いわば裁判所に下駄を預けるという事件処理も許容されるのではないか。このようにすれば、国民は、裁判所がどのような判断を下すのかを注視することができ、その是非を判断できることになる。裁判所の判断にゆだねることは、むしろ刑事司法の透明性という時代の要請にもかなうだろう。

さりとて、公益の代表者たる検察としては、被疑者が犯人であるという心証はあるものの、犯人であるとの確実な証拠のない事件までも、起訴のハードルを低くして起訴するわけにはいかない。それは、被疑者・被告人の人権保障という面からいえば当然のことである。結局、犯人性に問題のある事件については、従来どおり起訴のハードルを高く維持するべきである。

一方、犯人性の問題がない事件の中には、従来の実務感覚では起訴を差し控えるようなときでも、裁判所の判断にゆだねるべきものもある、大局的に見ると、起訴することが国民の期待に応える検察権行使の在り方ではないかと、そう考えるようになった。

一例を挙げれば、責任能力に疑義がある者が犯した凶悪重大犯罪で被害者が死亡した事件がそれに該当するだろう。

女子小学生殺人事件

そこで、具体的な事件を紹介しながらこの問題を考えてみたい。

かつて、中年の男が、日中、公道で登校途中の女子小学生の背後から近づき、いきなり出刃包丁で首を数回突き刺して殺害したという極めて悲惨な事件があった。マスコミもこの事件を大きく取り上げた。

警察は、目撃者からの通報を受け、現場に急行し、犯人の男を現行犯逮捕した。男は、警察の取調べで、「朝から自分に何度も『人を刺せ』という誰かの声が聞こえてきた。それが耳にこびりついて、むしゃくしゃしてきた。気晴らしのため、自宅から出刃包丁を持ち出して外に出た。自宅近くの歩道で小学生の女の子が目に入った。女の子の後ろから首を包丁で突き刺したが、何回突き刺したのか覚えていない」と供述した。

男の身柄の送致を受けた検察は、男を取り調べたが、男の供述は変わらなかった。そこで医師に男の簡易な精神鑑定を嘱託した。鑑定結果は、「精神分裂病に罹患しており、是非弁別の能はない」というものだった。

検察は、裁判所に男の正式な精神鑑定を嘱託するため男の鑑定留置を請求した。これを認めた裁判所は鑑定留置状を発して男を約三か月間留置した。検察は、医師に男の正式な精神鑑定を嘱託したが、医師の鑑定結果は、「衝動行為に基づく犯行で、かなりの部分は精神分裂病による病的過程に支配されていたが、是非弁別能力は皆無ではない」というものだった。

医師の鑑定結果を踏まえ、検察は本件の処分について検討を加えた。

多数意見は、本件の犯行動機・態様、更には過去の裁判例などを総合的に考慮すると、男は犯行時ほとんど心神喪失の状態にあったと認められるので、従来の例に倣い「心神喪失」を理由に不起訴処分にするしかないというものだった。

その一方で、医師の鑑定意見は「是非弁別能力は皆無ではない」というものであって、完全に責任能力を否定したものではないこと、事案の重大性や遺族の被害感情等を考えると、直ちに不起訴処分にするのは必ずしも相当ではなく、起訴すべきだという少数意見もあった。

最終的に、検察は、裁判所の判断を求めるのが相当であるとして男の起訴に踏み切ったが、裁判所は、「犯行当時、男は是非善悪を弁別し、それに従って行動する能力が欠如し、心神喪失の状態であった」として男に無罪判決を言い渡した。検察は、無罪判決に対し諸般の事情を考慮して控訴を断念した。

仮に、検察が男を起訴していなかったとしたら、遺族のみならず国民の理解を得られたかどうか、悩ましいところである。

心神喪失者等に対する医療観察制度

平成一五年七月、心神喪失者等に対する医療観察制度を創設する「心神喪失等の状態で重大な他害行為を行った者の医療及び観察等に関する法律」(心神喪失者等医療観察法)が成立し、同一七年七月一五日に施行された。

殺人、放火、強盗等の重大な罪を犯した者が、心神喪失等を理由に無罪や不起訴処分になった場合、検察官が地方裁判所に適切な処遇の決定を求める申立てをし、これを受けて裁判官と医師である精神保健審判員が審判を行う。

その結果、犯罪行為時の精神障害を改善し、社会復帰を促進するために、医療を受けさせる必要があると判断されたときには、その者を指定医療機関に入院・通院させ適切な治療を受けさせることができるようになった。

現在、心神喪失者等に対する医療観察制度が創設されたことを踏まえると、重大な事件であって、是非弁別能力が皆無といえない、言い換えれば精神鑑定結果が責任能力を完全に否定したものでない限り、被疑者を起訴して裁判所の判断にゆだねるべきではないか、最近、その思いが強くなっている。

セーヌ河畔

都知事の辞任

平成二八年六月二一日、舛添要一東京都知事は任期途中で辞任した。在任は二年四月だった。舛添知事は何を誤ったのか。その辞任に至る騒動から見えてくる教訓は少なくない。以下、時系列で、舛添知事の対応等について検証してみたい。

事の発端

平成二八年三月七日、一部週刊誌が舛添知事らの高額な海外出張費問題を報じた。

同二七年一〇月二七日から一一月二日までの七日間、知事ら二〇人がロンドン・パリに出張した費用について、その総額が五〇〇〇万円に上っており、極めて高額ではないか、その使途についても疑問があるというのだ。

舛添知事は、平成二八年四月一日の定例記者会見で、香港のテレビ局記者の質問に答え、「香港のトップが二流のビジネスホテルに泊まりますか?」などと反論し、海外出張費の支出が適切だったと強弁した。

そこには、エリートに有り勝ちな驕りが垣間見え、庶民の反感も買うこととなった。知事自身、記者会見の怖さを自覚していなかったのではないだろうか。そもそも記者会見の相手はその場の記者だけではない。知事には、何よりも記者の向こうに都民を含む多くの国民がいるという意識が欠如していたように思う。ここに初期対応を誤らせた一因があったといえるだろう。この時点で、例えば「ご指摘を踏まえ、海外出張費については速やかに検証を行います」などと表明するなどして真摯な対応を取っていたならば、辞任という最悪の事態を招くことはなかったかもしれない。

公用車問題

平成二八年四月二七日、一部週刊誌に「舛添都知事が毎週末、温泉地の湯河原の別荘に公用車で通っているのは公私混同ではないか」という批判記事が掲載された。

知事は、翌日の定例記者会見で「公用車は動く知事室」だとしてその使用を正当化した。東京を離れ、公用車で湯河原の別荘に、月に一度ならまだしも、毎週末に通うことは明らかに度が過ぎている。知事は、そのことに謙虚な反省と謝罪の態度を示すことをしなかった。逆に、「湯河原の別荘に通うのは気分転換と体調を整えるためだ」とか、「湯河原の風呂は広いから足を伸ばせる」などという、ワイドショーのネタにもなる余りにも見苦しい弁明をしたため、かえってマスコミの注目を浴びることになった。

これひとつ取ってみても、国民感情を逆なでする稚拙な対応だったといえるだろう。記者会見での知事の発言は、知事という公人の資質・品性を問われる契機になった。しかも知事にはその自覚がなかったことが致命的だったといえよう。

政治資金私的流用疑惑

平成二八年五月一〇日、一部週刊誌が舛添知事の政治資金私的流用疑惑を報じた。舛添知事は、参議院議員当時、千葉県木更津市内のホテルでの宿泊・飲食代合計約三七万円（平成二五年一月一日から二泊三日分と同二六年一月一日から一泊二日分の家族旅行）及び家族との飲食代約八万円を自ら代表を務める政治団体「グローバルネットワーク研究会」の会議費に計上して政治資金を私的流用したというのである。

知事は、平成二八年五月一三日の定例記者会見で「木更津市内のホテルの家族と宿泊した部屋で事務所関係者らと一時間か二時間ほど会議したので、宿泊代等を政治団体の会議費として計上した。誤解を招いたので、政治資金収支報告書を訂正し返金する」旨釈明した。

これに対し記者から、「会議にはどういう人が何人来たのか」と問われた知事は、「政治的に機微に関わるし、相手方のプライバシーもあるのでお答えを差し控えたい。人数も控えたい」と拒否したのである。家族と宿泊した部屋で相手方も人数もいえない二時間程度の会議をしたからといって、それのみで、家族との私的な宿泊・飲食代を政治団体の会議費に計上したことを正当化することはできないだろう。このような中途半端な説明では、到底説明責任を果たしたとはいえず、むしろ逆効果でしかなかった。

また、舛添知事は、個人の飲食代を自らの政治団体の支出としたことについても、会計責任者のミスが原因だったと弁明した。そのため、都民には他に責任を転嫁する印象を与えてしまった。

そもそも、舛添知事が代表を務める「新党改革比例区第四支部」は、「新党改革本部」から支部政党交付金の交付を受けた後、「グローバルネット研究会」に、平成二三年に一九五〇万円、同二四年に七五〇万円、同二五年に二二五〇万円、同二六年に四〇〇〇万円を寄付しているのである。そして「グローバルネット研究会」は、知事当選後に設立された知事の政治団体「泰山会」に、同年四月九日に三〇〇〇万円、同年六月三〇日に一八七五万円を寄付し、翌月三一日に解散している。

要するに、舛添知事が参議院議員当時私的に流用したとされる政治資金の主な原資は政党交付金、つまり国民の税金だったのである。

仮に、知事が、この記者会見の場で政治資金の私的流用疑惑とされた支出について一切弁解をせず、「今回の件は全て私の不徳の致すところであり、心よりお詫び申し上げます。ご指摘の不適切支出については、すべて政治団体に返金し、収支報告書も訂正します。政治団体泰山会は、残務整理をした上で速やかに解散し、今後、このような問題が起きないようにします。また、給与の半額を返上して自らのけじめをつけたいと思います」などと、謙虚な反省と共に潔い態度を示していたならば、一連の騒動に終止符を打つことができたかもしれない。

第三者による調査

平成二八年五月二〇日、舛添知事は、定例記者会見で、自らの政治資金私的流用疑惑について「第三者の目からしっかりと調査していただく」と発言し、同月二五日に元検事の弁護士二人に調査を依頼した。このことは、都民のみならず多くの国民に逃げたという印象を与え、かえって問題を大きくした。

しかも、知事は、記者から調査依頼先の弁護士二人の氏名を明らかにするよう求められたが、弁護士に迷惑がかかるという屁理屈を並べ、その公表を拒んだ。そのため、都民には、当該弁護士は第三者とはいえ知事とは利害関係があるので、公平・中立な判断ができないのではないかという疑念を持たれることになった。

そもそも、問題とされた宿泊・飲食代等は知事自ら支払ったものだ。その支払先も金額も明らかである。知事自らが支出目的を確認することも簡単だった。わざわざ第三者に調査させる必要性がなかったのである。それなのに知事は、弁護士に調査を依頼して事を収めようとした。それは、マスコミ報道の過熱化を招き、やぶ蛇だったといえるだろう。

調査報告書の公表

同年六月六日、舛添知事は、記者会見を開き、調査報告書を公表した。

知事はこの場に調査担当弁護士二人を同席させたが、調査の公平・中立性の観点からすると、必ずしも適切ではなかった。やはり、知事一人で記者会見を行うべきだった。

しかも、調査報告書の内容を公表した結果、当初の私的流用疑惑とされた支出にとどまらず、次のとおり、数多くの不適切な支出が明らかになったのである。

①宿泊六件　約八〇万円　いずれも家族同伴

内訳　平成二二年八月二〇日　下関　七万六〇七七円

　　　　　　同月二九日　大阪　七万六五一二円

平成二三年一月三日　横浜二泊三日　一九万五一六七円

平成二四年八月一三日　日光　八万三九八五円

平成二五年一月三日　木更津二泊三日　二三万七七七五円

平成二六年一月二日　木更津一泊二日　一三万八三四五円

②飲食一四件　約三三万六〇〇〇円

③絵画等の美術品一〇六件　約三一五万円

④民芸品、中国服等の衣料品、書籍（コミックを含む）

調査報告書によると、弁護士のヒヤリングに対する舛添知事の弁明の中には、例えば、政治資金で支出した中国服二着（約三万五〇〇〇円）の購入理由について、中国服を「書道の際に着用すると、筆をスムーズに滑らせるからだ」などと、屁理屈あるいは噴飯ものとしかいえないものが多く含まれていた。このような知事の言動は、不適切な支出の件数の多さと一件当たりの金額の少なさとが相俟って、知事自らが余りにも「せこい」人間であるという国民感情を醸成させ、延いては知事としての資質・品性に対する疑義を深める一因ともなった。

更に、調査報告書では、平成二八年五月一三日の記者会見で知事が釈明した「木更津市内のホテルの家族と宿泊した部屋で会議をした事務所関係者」について、その人物は出版社の元社長であったことが明らかにされたが、氏名については非開示になっていた。

そのため、この点について記者から「直接、出版社の社長にヒヤリングをしていないが、それでも事実として間違いないと断言できるのか。その他の関係者にヒヤリングしたのか」などという質問が出た。これに対し、記者会見に同席した弁護士の一人が、「事実認定の問題なので、われわれとしてはそう認定した」とか、「あなたは事実認定というものをご存じない。全てヒヤリングしなければならないものではない」などと高飛車に強弁した。その映像が報道されたこともあって、調査そのものの正確性や信用性にも疑念を持たれてしまった。

結局、調査報告書は、正に舛添知事の公私混同の実態を炙り出し、事態を悪化させることになったのである。いわば知事は墓穴を掘ったといえるだろう。

その後、舛添知事は、平成二八年六月一〇日の記者会見で、「都民のために仕事をしないと死んでも死にきれない」と発言し、同月一三日の都議会総務委員会集中審議でも、進退の猶予を求め、給与の全額返上を表明して辞職を否定したものの、遂に同月一五日、辞表を提出し、同月二一日に辞任するに至った。

政治資金規正法との関係

政治資金規正法では、政治団体の会計責任者は、毎年一二月三一日現在で、当該団体に係るその年の収入、支出その他の事項を記載した収支報告書（以下「収支報告書」という）

を選挙管理委員会又は総務大臣に提出しなければならないことになっている（第一二条第一項）。そして、収支報告書又はこれに併せて提出すべき書面に虚偽の記入をした者は、五年以下の禁錮又は一〇〇万円以下の罰金に処せられる（第二五条第一項第三号）。この場合において政治団体の代表者が会計責任者の選任及び監督に相当の注意を怠ったときは、五〇万円以下の罰金に処せられる（第二五条第二項）。また、重大な過失により、収支報告書等に虚偽の記入をした者も、処罰される（第二七条第二項）。

今回問題とされた支出については、支出先も金額も正確で虚偽ではない。ただ、ホテルの宿泊代等が宿泊費か会議費かの問題が残るが、それは費目の違いにすぎない。

また、前記のとおり、舛添知事は、ホテルの部屋で出版社の元社長と面談したので、政治活動だったと弁明したが、かえってそのことが疑義を深めた。

とはいえ、仮にその事実がなかったとしても、自らの参議院議員選挙や都知事選挙を控え、宿泊した家族らと選挙対策会議をしていたので、それは政治活動に当たると弁解することは可能だった。そのような弁解をされた場合、家族が選挙で果たす役割などを考えると、法的には弁解を排斥することは容易ではなかったはずだ。

要するに、政治資金規正法違反に問うことは難しい案件だった。調査報告書でも、私的流用疑惑とされた支出については不適切な支出であったが、違法性がないとされた。

政治資金規正法は、政党助成法が平成七年一月に施行される以前に制定された法律である。収入を規制するが、政治団体の届出前の支出以外の支出に制限はなく、それに関する罰則もない。政治家自らが集めた政治資金について、本来その使い道は自由とされているのだ。ただ、政党助成法が成立し、政治資金の大部分が政党交付金という税金で助成されるようになった以上、その時点で、政治資金の支出について規制をするための法改正を行うべきだった。しかしながら改正されないまま今日まで来た。舛添知事の一連の言動から見ると、そのことに対する認識が欠けていたのかもしれない。

おわりに

このように見てくると、今回の辞任騒動では、舛添知事が見通しを誤り、幾度となく失言を重ねていることが良く分かる。いわば、自宅で発生した小火の初期消火に失敗し、逆に火に油を注ぎ、家全体に火が回り、遂に全焼したものといえるだろう。

そして舛添知事が取った今回の数々の言動は、企業の危機対応を考える上で、正に反面教師になるだろう。とはいえ、舛添知事の品性はさておき、その行政実績を高く評価する人も少なくない。そのような人からみれば、今回の騒動で知事を辞任させるのは理不尽だということになるのかもしれない。

いずれにせよ、舛添知事を辞任に追い込むような日本社会の風潮には一抹の不安感を拭えない。そのことを考えると、亡き阿久悠の警鐘が頭を過ぎる。

少し長くなるが、引用したい。

「政治家も大変だし、経営者も大変である。……過去から現在まで、また、公私の区別なく解体される。それこそ履歴の中の欠点となりそうなものは、癌細胞を見つけるＣＴやＭＲＩのように機能させて発見、『あんたの失敗』として社会に告知し、糾弾するのである。……だから今後政治家になろうとしたり、ヒーローやヒロインを夢見ている人は、それまでの過去を消すか、無菌状態で生きるしか方法がない。いつ如何なることで、断罪の憂き目に遭うかわからないからである。とんでもない潔癖社会であるらしい。……自分以外の人に対しては完璧を求め、ちょっとした欠点や失敗が見つかると袋叩きにする社会構造は何なのだろう。……この国の失敗は引き算ではなく、マイナスの掛け算であるから、持ち点が如何に多い人でもマイナス点になってしまう。……これが常識として罷り通ると、リーダーも、ヒーローもヒロインも誕生しなくなる。……自動車に触れたことのないペーパードライバーが、無事故無違反で最優秀ドライバーとして表彰されるようなもので、何もしなかった人だけが褒められる社会になってしまう」（阿久悠の「阿久悠書く言う」・平成一六年六月五日付産経新聞）。

今こそ、阿久悠の警鐘を嚙みしめてほしいと思う。

違法残業事件の捜査実務

はじめに

この数年、業種を問わず違法残業事件が数多く摘発されるようになった。中でも、トップが辞任に追い込まれた大手広告代理店の違法残業事件は、マスコミなどで大きく取り上げられ、日本社会の働き方改革を進める契機ともなった。

平成三〇年六月二九日には、働き方改革関連法（平成三〇年法律第七一号）が成立し、労働基準法が一部改正され、時間外労働の上限規制が導入された。同三一年四月一日から、この上限規制に係る改正規定（中小企業を除く）が施行された。時間外労働の上限は、原則として月四五時間、年三六〇時間とし、臨時的な特別の事情がある場合であっても、年七二〇時間であり、その範囲内において、①単月では一〇〇時間未満（休日労働含む）、②複数月の平均では八〇時間以内（休日労働含む）とされ、これらに違反する場合は罰則が適用されることになった。

とはいえ、法改正の前後を問わず、違法残業事件については、労働基準法の関係条文がやや特殊なため、実務的な問題点もあって、捜査にはかなりの手間と労力が必要とされている。この点は、労働時間の適正な管理を求められる企業等においても十分に理解しておく必要があるだろう。

関係条文と適用

違法残業事件に係る改正後の労働基準法（以下「法」という）の関係条文は、次のとおりである。

第一一九条　次の各号のいずれかに該当する者は、六箇月以下の懲役又は三〇万円以下の罰金に処する。
一　第三条……第三二条……第三六条第六項……の規定に違反した者（以下略）

第三二条
第一項　使用者は、労働者に、休憩時間を除き一週間について四〇時間を超えて、労働させてはならない。
第二項　使用者は、一週間の各日については、労働者に、休憩時間を除き一日について八時間を超えて、労働させてはならない。

第一〇条　この法律で使用者とは、事業主又は事業の経営担当者その他その事業の労働者に関する事項について、事業主のために行為をするすべての者をいう。

第三六条
第一項　使用者は、当該事業場に、労働者の過半数で組織する労働組合がある場合においてはその労働組合、労働者の過半数で組織する労働組合がない場合においては労働者の過半数を代表する者との書面による協定をし、厚生労働省令で定めるところによりこれを行政官庁に届け出た場合においては、第三二条から第三二条の五まで若しくは第四〇条の労働時間（以下この条において「労働時間」という。）又は前条の休日（以下この条において「休日」という。）に関する規定にかかわらず、その協定で定めるところによつて労働時間を延長し、又は休日に労働させることができる。

第六項　使用者は、第一項の協定で定めるところによつて労働時間を延長して労働させ、又は休日において労働させる場合であつても、次の各号に掲げる時間について、当該各号に定める要件を満たすものとしなければならない。

一　坑内労働その他厚生労働省令で定める健康上特に有害な業務について、一日について労働時間を延長して労働させた時間　二時間を超えないこと。

二　一箇月について労働時間を延長して労働させ、及び休日において労働させた時間　一〇〇時間未満であること。

三　対象期間の初日から一箇月ごとに区分した各期間に当該各期間の直前の一箇月、二箇月、三箇月、四箇月及び五箇月の期間を加えたそれぞれの期間における労働時間を延長して労働させ、及び休日において労働させた時間の一箇月当たりの平均時間　八〇時間を超えないこと。

第一二一条

第一項　この法律の違反行為をした者が、当該事業の労働者に関する事項について、事業主のために行為した代理人、使用人その他の従業者である場合においては、事業主に対しても各本条の罰金刑を科する。ただし、事業主（事業主が法人である場合においてはその代表者、……）が違反の防止に必要な措置をした場合においては、この限りでない。

では、具体的な違法残業事件で各規定がどのように適用されるのかを見てみよう。

例えば、ある会社のX部長が部下社員に違法な時間外労働をさせた場合、X部長は、法第一〇条にいう「事業主の事業の労働者に関する事項について、事業主（会社）のために行為をする者」と認められるから、ここでいう「使用者」に当たる。そうすると、X部長は、法第三二条に違反した行為者として、法第一一九条第一号により六か月以下の懲役又は三〇万円以下の罰金に処せられることになる。

また、X部長は、法第一二一条第一項にいう事業主の「その他の従業者」に該当することから、同条の両罰規定（違反行為をした者のみならず、その事業主を処罰する規定）が適用され、事業主である会社にも罰金刑が科されることになる。

この両罰規定による事業主の責任は従業者等の選任・監督上の過失責任である。つまり、事業主の従業者等が違反行為をした場合、事業主が自然人・法人のいずれであっても、事業主に従業者等の選任・監督上の過失があることが推定され、違反行為を防止するための必要な注意を尽くしたことが証明されない限り、事業主は責任を免れることができないのである（前田雅英編『条解刑法第3版』二二頁・弘文堂等参照）。

この点については、法第一二一条第一項ただし書で、「ただし、事業主（事業主が法人である場合においてはその代表者、……）が違反の防止に必要な措置をした場合においては、この限りでない。」と明記されているが、一般的には、このような規定の有無にかかわらず、事業主が違反行為を防止するために必要な措置をしたことを立証できなければ免責されないと解されている。

さらに、事業主に対する処罰は、違反行為者の処罰とは独立のものであると解されている（西田典之ほか編『注釈刑法第1巻総論』二七八頁・有斐閣等参照）。したがって、仮に、違反行為者が起訴されず、処罰されなかったとしても、行為者に故意が認められて犯罪が成立する限り、別個独立に法人である事業主のみを起訴して処罰することは法的に何ら問題がない。

なお、法第一二二条第一項のような両罰規定の定め方は、昭和二〇年代に制定された法律で屢々使用された形式であるが、一般的には、例えば、労働安全衛生法第一二二条の規定のように「法人の代表者又は法人若しくは人の代理人、使用人その他の従業者が、その法人又は人の業務に関して、第一一六条、第一一七条、第一一九条又は第一二〇条の違反行為をしたときは、行為者を罰するほか、その法人又は人に対しても、各本条の罰金刑を科する。」という規定の形式が採用されている。

三六協定締結事例と法違反

使用者は、法第三六条第一項に基づいて書面による労使協定を行政官庁（所轄労働基準監督署長）に届け出た場合、法定労働時間（一週間につき四〇時間、一日につき八時間）を超えて労働時間を延長することができる。一般にこの労使協定のことを「三六協定」と呼んでいる。

もっとも法第三六条第一項は、本来違法なものを免罰するための根拠規定であることから、同項に掲げる要件を欠く無効な三六協定（例えば組合員が労働者の過半数に満たない労働組合との協定）を締結して時間外労働をさせた場合には、法第三二条違反の罪が成立し、法定労働時間を超える時間外労働のすべてが違法になると考えるべきだろう（伊藤榮樹ほか編『注釈特別刑法第四巻』一五七頁・立花書房参照）。

また、今回の法改正で、使用者は、三六協定を締結して時間外労働をさせた場合でも、それが第三六条第六項に定める要件を満たさなかった場合は、同項違反で処罰されることになった（第一一九条第一号、使用者が法人の場合には更に第一二一条第一項）。

例えば、使用者が一か月につき八〇時間を時間外労働の上限とする三六協定を締結し、労働者に月一二〇時間の時間外労働をさせた事例の場合には、法第三六条第六項第二号の定める一〇〇時間未満の要件を満たしていないので同項違反の罪が成立する。そして当該三六協定の上限を超えて四〇時間の違法な時間外労働をさせているので第三二条違反の罪も成立する。両罪の罪数関係が問題になるが、併合罪の関係に立つと考えられる。

また、この事例で一か月につき八〇時間ではなく一一〇時間を時間外労働の上限とする三六協定を締結している場合には、使用者は、当該三六協定を締結した時点では第三六条第六項違反にならないが、実際に月一二〇時間の時間外労働をさせたときは、同項違反の罪が成立し、当該三六協定の上限を一〇時間超えて違法な時間外労働をさせているので第三二条違反の罪も成立する。

違反事実の立証と事件処理について

通常、法第三二条違反の事実を立証するためには、次の(1)ないし(3)について捜査を尽くす必要がある。

(1) 労働者が時間外労働をしたこと

まず労働者各個人別に労働実態を解明し、実際の労働時間を確定する必要がある。法定労働時間は一日につき八時間、一週につき四〇時間とされているため、第三二条に違反する時間外労働をさせた罪は、労働者各個人別に、一日ごと又は一週間ごとに成立する。したがって、各労働者に法定労働時間を超えて時間外労働をさせたのか、そしてその時間外労働が何時間だったのかという点を一日単位、一週間単位で確定しなければならない。

労使間で三六協定が締結されている場合には、当該三六協定が有効なものであって、法第三六条第六項に定める要件を満たしているかどうかを明らかにしなければならない。

また、三六協定で時間外労働の上限を一日、一か月、一年単位で定めているので、例えば、一週間単位で計算した法定労働時間を超える時間外労働時間を四週累計した労働時間が、三六協定の一か月単位の時間外労働時間を超えているかどうか、一か月のうち、どの一日において三六協定の時間外労働時間の上限を超えているかどうか、及びそれらの時間外労働時間を確定しなければならない。

これらの点については、使用者や労働者ら関係者を取り調べ、その供述を出退勤記録などで裏付けるなどして各労働者の労働実態や労務管理状況を解明しなければならない。また、労働時間とは「労働者が使用者の指揮命令下に置かれている時間」と解されており、いわゆる指示待ち待機時間、制服への着替え等、業務に必要な準備行為や業務終了後の業務に関連した後始末を事業場内で行った時間なども含まれるため、実際の労働時間を確定することは容易ではない。もとより、違法な時間外労働時間の長短は、犯罪の成否に関係がないが、起訴か不起訴かを判断する上で重要な量刑事情となる。

(2) 違反行為者の特定

個々の労働者が違法な時間外労働をしたのは誰の指示又は了解のもとに行われたものかを明らかにする必要がある。そしてその指示又は了解をした者が労働者の業務分配や申告労働時間、休暇の承認、時間外労働・休日出勤務の命令等の労務管理業務を担当していた場合には、その者が違法な労働をさせた違反行為者として特定されるのである。

(3) 違反行為者の故意の立証

違反行為者が労働者に違法な時間外労働をさせることを認識していたこと、つまり故意があることを立証しなければならない。この点に関する捜査も必ずしも容易ではない。

例えば、労務管理担当の上司が、日頃から部下社員の勤務実態を把握していない上に、漠然と三六協定の上限まで時間外労働をさせるつもりで、社員に時間外労働を指示し、又は社員からの申出を受けて時間外労働を了承したという事例を想定すると、実際に社員が三六協定の上限を超えて違法な時間外労働を行っていたとしても、証拠上、当該上司に違法な時間外労働をさせるという認識があったと必ずしも断定できないからだ。そのため上司が事前に部下社員が何時まで時間外労働をし、それが三六協定の上限の労働時間を超えることを正確に認識していた証拠を収集しなければならないのである。

因みに、平成二九年一月、神奈川労働局は、三菱電機の研究所の管理職が、所属の研究員に三六協定の上限一か月六〇時間を超えて約一八時間の違法な時間外労働をさせたとして、法人としての三菱電機と管理職一人を労働基準法違反容疑で送検したが、横浜地検は、法人と管理職共に不起訴処分(嫌疑不十分)にした。おそらく、違法な時間外労働時間が比較的短いこともあって、研究員に違法な時間外労働をさせるという管理職の故意を立証するのが難しかったものと思われる。

次に、検察の事件処理についてみよう。

新聞報道によると、平成二七年八月から同二九年六月にかけ、東京・大阪各労働局が、①飲食店チェーンの「フジオフードシステム」、②ディスカウントストアの「ドン・キホーテ」、③和食チェーンの「サトレストランシステムズ」、④スーパーマーケットの「コノミヤ」、⑤広告代理店の「電通」、⑥大手旅行社「エイチ・アイ・エス」に係る違法残業事件を摘発し、いずれも使用者の法人と違反行為者を労働基準法違反容疑で送検した（平成二八年一二月二九日付読売新聞朝刊等）。

検察は、これらの事件につき、諸般の情状を考慮し、各法人を起訴し、違反行為者の労務管理担当役員らを全員不起訴処分（起訴猶予）にした。その結果、罰金三〇万円だった⑥の法人以外は、いずれの法人も罰金五〇万円に処せられた。

改めてこれらの事件の違反内容をみると、三六協定の上限を超えて違法な時間外労働をした労働者について、労働者一人当たりの一か月の違法な最長時間外労働時間は、それぞれ、①約八八時間、②約六五時間、③約七一時間、④約七五時間、⑤約一九時間、⑥約五七時間である。東京地検が送致事実以外の違反事実を認知立件した⑤の電通以外は、いずれも、その最長時間外労働時間が五〇時間以上の悪質なものであった。そのため検察が違反行為者の故意を認定するのに特段の問題がなかったものと思われる。

おわりに

政府は、平成三〇年七月二四日「過労死等の防止のための対策に関する大綱」（以下「大綱」という）を閣議決定し、これに基づき、長時間労働の削減に向け、過重労働の疑いのある企業等に対しては、労働基準監督署の体制を整備しつつ、監督指導等を徹底するなどの取組みを進めている。

今後、違法残業事件については、これまでより積極的に摘発する動きが広がっていくとともに刑事処分がより厳しくなされるものと思われる。特に悪質な事案については、おそらく違反行為者は起訴を猶予されずに使用者と共に起訴されることになるだろう。

この関係でも無視できないのは、厚生労働省策定に係る平成二九年一月二〇日付の「労働時間の適正な把握のために使用者が講ずべき措置に関するガイドライン」（以下「ガイドライン」という）である。大綱においても、労働時間の把握については、ガイドラインを踏まえ指導を行うこととされているからだ。

ガイドラインでは、労働時間の考え方はもとより、労働時間の適正な把握のために使用者が講ずべき措置として

①始業・終業時刻の確認及び記録

②その原則的な方法

③自己申告制により始業・終業時刻の確認及び記録を行う場合の措置

④賃金台帳の適正な調製

⑤労働時間の記録に関する書類の保存（三年間）

⑥労働時間を管理する者の職務

⑦労働時間等設定改善委員会等の活用

が示されている。

しかも、⑥については、「事業場内における労働時間の適正な把握等労働時間管理の適正化に関する事項を管理し、労働時間管理上の問題点の把握及び解消を図ること」が明記されている。

その結果、使用者である企業等は、ガイドラインに従って、原則として自らが現認し、又はタイムカード、ＩＣカード、パソコンの使用時間の記録等の客観的な記録を基礎として労働者の始業・終業時刻を確認し、適正に記録するなどして労働者の労働時間を把握しなければならないことになった。これを違法残業事件の捜査の観点からみると、労働者の労働時間が適正に記録されていることを前提に捜査ができるようになったため、違反行為者の故意を立証するための証拠の収集が従前よりも容易になったことは間違いないだろう。

日本版司法取引第一号事件

はじめに

平成三〇年七月二〇日、東京地検は、大手発電機器メーカー「三菱日立パワーシステムズ」（以下「MHPS」という）が請け負ったタイ南部の火力発電所建設工事を巡り、元取締役常務執行役員兼エンジニアリング本部長A、元執行役員兼調達統括部長B及び元同部ロジステック部長Cの三人を不正競争防止法違反（外国公務員への贈賄）で在宅起訴し、その一方で、両罰規定が適用されるMHPSと司法取引を行い、その全面的な捜査協力と引き替えに法人としてのMHPSを不起訴処分（起訴猶予）にした。

日本版司法取引が行われた初めての事件だ。新聞等で大きく報道され、企業関係者のみならず、一般の関心を呼んだ。

日本版司法取引とは、平成二八年五月二四日成立の刑事訴訟法の一部改正で新設された「証拠収集等への協力及び訴追に関する合意制度」（平成三〇年六月一日施行）のことである。

要するに、特定の財政経済犯罪と薬物銃器犯罪（以下「対象犯罪」という。ただし死刑又は無期懲役・禁錮に当たる罪を除外）について、検察官と被疑者・被告人及びその弁護人が協議し、被疑者・被告人が対象犯罪に係る「他人」の刑事事件の捜査・公判に協力するのと引換えに、自己の事件につき不起訴又は軽い求刑にすることなどを合意する捜査・公判協力型の制度（刑事訴訟法第三五〇条の二ないし第三五〇条の一五）である。

組織的犯罪等について、首謀者の関与状況を含め事案の解明に必要な関係者の供述等を獲得するために新たな証拠収集手法として導入されたものである。

もっとも、米国で採用されているような被疑者らが自己の犯罪を認める代わりに罪を軽減してもらう自己負罪型の司法取引の導入は見送られた。

とはいえ、対象犯罪の範囲は広く、財政経済犯罪でいうと、詐欺、恐喝、横領等の刑法の罪のほか、租税犯罪、特別背任等の会社法違反、カルテル等の独占禁止法違反、粉飾決算等の金融取引法違反、外国公務員への贈賄等の不正競争防止法違反等も含まれている。

そこで、今回の検察とＭＨＰＳとの司法取引に対する評価、今後の司法取引の運用の見通しのほか、企業がこの種の事案にどのように対応するべきか、その在り方などについて考えてみたい。

事案の概要

新聞報道等（平成三一年一月一一日付読売新聞等）によると、今回の事案の概要は、概ね以下のとおりだった。

平成二七年二月、ＭＨＰＳは、火力発電所建設工事現場近くにタイ運輸省港湾局の許可を得て仮設桟橋を建設し、そこに大型運搬船を接岸して建設用資材を荷揚げしようとした。ところが、同港湾局支局長が仮桟橋建設許可の許可条件（五〇〇トン以下の船の接岸）に違反している旨指摘したことから、仮桟橋は封鎖され、建設用資材の荷揚げができなくなった。その上、同港湾局支局長と思われる人物らから下請輸送業者を通じ二〇〇〇万タイバーツの金銭を要求された。

この事態は、現地社員から当時のMHPSのロジステック部長Cとその上司の調達統括部長Bに報告された。両部長は、納期遅れによる違約金の発生等を懸念し、事業を統括する取締役常務執行役員兼エンジニアリング本部長Aに相談した。A取締役は、違法な支払を一旦はためらったものの、最終的に支払いを了承した。

C部長は、MHPSの現地社員に支払いを指示した。現地社員は、現地の建設業者に架空工事を追加発注して二〇〇〇万タイバーツを捻出した上、同港湾局支局長に許可条件違反のまま大型運搬船の接岸と建設用資材の荷揚げを黙認してもらう見返りに、仲介役の下請輸送業者に二〇〇〇万タイバーツを支払い、仮桟橋の封鎖を解除してもらったという。このうち一一〇〇万タイバーツ（円換算約三九九〇万円相当）を同港湾局支局長に供与したとしてA元取締役、B元部長及びC元部長の三人が起訴されたのである。

裁判では、Aは起訴事実を否認し、公判係属中だが、BとCは起訴事実を認めたため、平成三一年三月一日、東京地裁は、Bに懲役一年六月、刑の執行猶予三年、Cに懲役一年四月、刑の執行猶予三年の判決を言い渡した（平成三一年三月二日付読売新聞）。

司法取引に至った経緯と評価等

今回の捜査の端緒は、ＭＨＰＳが、内部通報でタイ公務員への不正な金銭支払いの事実を把握し、社内調査を実施した結果、法令違反が疑われたことから、東京地検にその調査報告書を提出したことによるものである。

外国における外国公務員に対する贈賄についても、刑法第三条（国民の国外犯）の例に従って、日本の不正競争防止法が適用されることになっている（同法第二一条第八項参照）が、外国の主権との関係上、通常、日本の捜査当局が外国において捜査を行うことはない。そのこともあって、東京地検は、タイで収賄公務員ら関係者を直接取り調べることができないことから、外交ルートを通じてタイの捜査当局に証拠収集や関係者の事情聴取などの捜査共助を要請し、関係証拠資料を入手したと思われる。

しかしながら、東京地検は、それだけでは起訴する証拠として十分ではなく、日本においてＭＨＰＳの社員らから真実の供述を得て、その信用性を客観的な証拠などで裏付ける必要があると判断した。そこで、MHPSに対し、全面的な捜査協力と引き替えに法人を不起訴にする司法取引を求める方法をとったものと考えられる。

一方、MHPS側も、法人が刑事罰を受けると、今後国際競争入札や国際金融取引などで不利益を受け、企業活動に多大な影響を及ぼすおそれがあることなどを考慮し、それを避け、ステークホルダーの利益も守るため、東京地検の捜査に全面協力し法人の起訴を免れる司法取引に応じたものと思われる。経営陣の判断は適切だったというべきだろう。

その後の新聞報道によると、MHPSと東京地検との司法取引に係る平成三〇年六月二八日付合意内容書面には、MHPSが、①事件に関する一切の資料を提出する、②役員ら関係者を検察官の指定通りに出頭させる、③公判で関係者らの証言が必要になった場合は、関係者らに証言をさせることが盛り込まれていたという(同年一一月六日付読売新聞)。

もっとも、今回の司法取引に対する評価は様々で、これを肯定的に考える人がいる一方で、これまでの日本の企業文化からすると、法人を不起訴にして免責し、元取締役ら社員の責任を追及する方向で合意したことに違和感を覚える人もいる。そのため、「いわゆるとかげのしっぽ切りだ」、「検察の事件処理にも疑問がある」との批判が出ることになったが、このような批判は必ずしも正鵠を射たものといえないだろう。

なぜなら、今回のケースは、企業内の下位の者に責任を負わせて上位の者が責任を免れたのではなく、上位の者である元取締役ら三人が在宅起訴され、その承認を得て実際に下請輸送業者を介してタイの公務員に賄賂を供与した担当社員については不起訴になったからである。

どのような証拠関係になっているのか明らかではないが、おそらく、東京地検としては、証拠上、事案の実態から真に処罰されるべき者は元取締役ら三人であると認められたことから、これに即した事件処理をしたのであろう。

そうだとすると、仮に元取締役らが捜査協力と引き替えに自己らを不起訴とし、法人である会社のみを処罰するよう、会社に先駆けて検察に司法取引を求めても、東京地検がこれに応じることはなかったと思われる。

今後の司法取引の運用について

今後、どのような事案で司法取引が行われる可能性があるのかを探ってみたい。

最高検察庁新制度準備室は、「合意制度の当面の運用に関する検察の考え方」(「法律のひろば」平成三〇年四月号四八頁以下)を公表した。

検察は、従来の捜査手法では同様の成果を得ることが困難な事案のうち、本人の刑事処分を軽減してもなお他人の刑事事件の捜査に協力してもらうことについて国民の理解が得られる場合で、かつ合意により事案の解明に資する重要な証拠が得られる事案であれば、司法取引に応じるものと思われる。

もっとも、実際のところ、司法取引が行われる事案は、おそらく検察独自捜査事件に限られるだろう。検察独自捜査事件の場合には、捜査着手前から証拠関係を検討し、合意内容が国民の理解が得られるかどうかを的確に判断できるからである。

したがって、当分の間は、警察送致事件については検察が司法取引を行う可能性は極めて低いと思われる。

日本版司法取引第二号事件も、検察独自捜査事件だった。それは、平成三〇年一一月、東京地検が摘発した日産自動車の代表取締役会長カルロス・ゴーン及び代表取締役グレッグ・ケリーに対する金融商品取引法違反事件（有価証券報告書の虚偽記載）である。

同社の有価証券報告書にゴーン容疑者の役員報酬を五年間で約四九億円過少に記載した容疑である。これに関与した同社の外国人執行役員及び元秘書室長は、東京地検との司法取引に応じた。

そこで東京地検は、同人らから具体的な虚偽記載を裏付ける重要な供述や覚書などの物証を得て捜査を進め、同年一二月一〇日、ゴーン及びケリー容疑者を同法違反の罪で起訴し、同時に日産自動車についても両罰規定を適用して起訴した（ただし公訴時効が成立した分を除く四年分）。その一方で、司法取引に応じた外国人執行役員と元秘書室長を不起訴にし、その刑事責任を問わなかった（令和元年五月一一日付読売新聞）。

企業側の対応について

今回のような事案が発覚した場合に、企業がどのように対応するべきか、その在り方などについて考えてみたい。

今回、ガバナンスが効きにくい海外での犯罪につき、司法取引が効果的な法的対処方法の一つであることが明らかになった以上、企業としては、常にその活用の可能性を視野に入れておくべきである。

企業の規模によるが、法人に両罰規定が適用され、かつ法人に対し億単位の高額な罰金（外国公務員に対する贈賄の場合、三億円以下の罰金）が科され、行政処分も受けると、業績に影響を及ぼすおそれがある。その可能性のある場合には、法人の刑事処分の免除又は軽減を得るための司法取引を活用すべきである。

他方、社内調査により役職員による当該犯罪が発覚したのに司法取引を活用しない場合には、後日、株主等からその決定に関与した経営陣に対する責任追及がなされるリスクがある以上、その判断は十分な検討を加えた上で慎重に行う必要があるだろう。

更には、多くの企業は内部通報制度を設けているが、今後は、司法取引の対象犯罪に係る情報を早期に収集できるよう、その態勢の充実を図ることが求められるだろう。例えば、調査協力に対するインセンティブとして社内での処分を軽減する社内リニエンシー制度の導入等が想定される。

そして、対象犯罪に係る不正情報を把握した場合には、速やかにトップに報告し、企業としての対処方針を決める必要があるが、その際、捜査・公判の実務や企業法務・海外の関係法制にも精通し、かつ検察とタフな交渉ができる弁護士の協力が不可欠である。

今後、企業は、不正情報を早期に把握し、適切な対応ができるよう、社内体制を含めたコンプライアンスの更なる徹底・強化が求められることになるだろう。

特に海外事業を行う企業については、経済産業省策定の「外国公務員贈賄防止指針」(平成二九年九月改訂)を参考にして対処するべきであろう。

例えば、以下の点に留意する必要がある。

①具体的な体制の構築及び運用については、企業に広い裁量があるものの、リスク(進出国、事業分野及び贈賄に利用されやすい行為類型)を勘案した「リスクベース・アプローチ」によるメリハリのある体制を構築・運用すること。ただし、全ての国、全ての事業分野で厳しい対策を行う必要はないこと。

②リスク管理が不十分な子会社、孫会社等については、親会社が必要な支援を行うこと。

③現地エージェントやコンサルタントの利用、現地企業の株式取得、接待など高リスク行為については、適切な決裁ルートの構築や記録、監査等の社内検討体制を整備すること。

④我が国企業が外国公務員等から賄賂要求を受けた場合には、現地日本大使館・領事館に設けられた「日本企業支援窓口」やジェトロ等に相談すること。また日本大使館等を通じた現地政府との協議も想定しておくこと。

最後に、何よりも企業のトップは、コンプライアンスの重要性を認識し、全従業員に対し自らの姿勢を明確に示し続ける努力を怠ってはならないと思う。

法学部の新入生の皆さんへ

数年前、関西大学法学部で新入生歓迎記念講演をした。以下その講演の一部を紹介したい。

はじめに

講演の依頼を受けたときに、どのような話をすればいいのか考えました。昔話をしても若い皆さんにとってはおもしろくないのではないか、そう思ったのですが、私の人生経験や大学生のときに何を考え、四年間をどのように過ごしたか、そのことをお話しすることは、皆さんがこれから大学で学ぶに当たって参考になるのではないか、そのように考え、

「大学で何をすべきか」という演題でお話することにしました。

さて、大学で何をすべきか、皆さんは、法学部の学生ですから、言うまでもなく法律を学ぶことだと思います。それ以外に何をするべきか、それを思いつくままレジュメに書き出してみました。

第一は、本を読んでください。本は買うべきです。最近はインターネットが普及し何かと便利になりました。スマホで検索すれば大抵のことは調べることができるようになっていますが、大学生は、それに頼らず、できる限り多くの本を読むことが必要です。

第二は、「友と語れ。人は皆、師」ということです。友と語ることの重要性のお話をしたいと思います。

第三は、一生付き合える友人をつくりなさい。大学時代につくってもらいたいですね。

第四は、やりたいことを探しなさい。実際に一つでもいいからやってみてください。

第五は、自分の考え、いわゆる信念を持つこと、そして自分の考えを文字にする。逆に言いますと、自分の頭で考えないと、意味のある文章を書くことはできないものです。自分の頭で考えることがいかに大切か、皆さんも社会に出ると必ず気づくはずです。

それではこれらの点を中心にしてお話したいと思います。

大学での教育

大学での教育とは何か、大学で学ぶ意義を考えてもらうため、この話から始めます。

レジュメをみてください。

「教育する者とされる者が能動と受動ではなく二律背反の力の接点が火を噴く時期がある。松陰の場合は三年。カッと火を噴く時期がある」

これは、司馬遼太郎の『八人との対話』（文藝春秋）の一節です。

松陰というのは吉田松陰のことです。皆さんもよくご存じだと思います。大学教育を考える上で、教師は教える人、学生は教えられる人という構図、このような対立構造は、基本的には問題があるのではないか、言い換えれば、それは能動と受動の関係ではないと、そのように司馬遼太郎は考えているのだと思います。

その上で司馬遼太郎は、教育は人間の社会の中で、一番怖いテーマだとも述べています。

子どもは不思議と先生の優劣、特に精神の高低――精神が高いか低いかがわかる。教師が教室でひとつの話をする、授業をする。それをみている子ども達は、いわゆるレントゲンの機械だと。現在で言えば、教師がレントゲンというより人間ドックでＭＲＩの検査を受けるようなものですね。五〇人教室だったら、それが五〇台あるということになりますね。

今日の大教室で私の話を聞いているのは七〇〇人以上だと思いますが、そうすると、私は、七〇〇台くらいのレントゲンの前で、バリウムを飲んで検査を受けているような感じで話をしなければならないことになります。だから教育はそれほど難しい、怖いテーマだと司馬遼太郎が言っているのです。皆さんも、司馬遼太郎のいう「カッと火を噴く時期」、こういう時期を大学四年間の中で是非つくってほしいですね。

「人は皆　師」という言葉がありますね。吉川英治の言葉だったと思いますが、誰でも「この人は自分の先生だ」と思えば先生になるのだ、そういう気持ちは大事だと思うのです。

皆さんにとって、四年間で一緒にいる時間が長いのはおそらく同級生だと思います。同級生と一緒に授業を受け、クラブ活動にも参加するでしょう。ですから同級生の友人ができるはずです。もし一生付き合える友人と出会うことができれば最高です。とにかく、多くの友人を作り、人生や法律など、何でもよいのです、大いに議論して欲しいのです。そのうち、先輩と知り合い、後輩が入学してきます。先輩も後輩も、先生と思えば先生です。人生や政治、経済、国家などについて真剣に議論して、互いにカッと燃えてほしいですね。別に大学の中だけで燃える必要はありません。高架下の居酒屋であろうと、青空の芝生の上であろうと、どこでもよいのです。地方から出てきている友人もいるでしょう。友人の小さな下宿で徹夜して議論することも大事なことだと思います。

私も三畳一間の友人の下宿で七人の友人と一緒に寝たことがあります。今思うと、よく寝られたと思います。当時、下宿には押入れもあったのが幸いでした。ほとんどギュウギュウ詰めで、朝まで飲み、そういうところで議論を戦わせたことは、今でもよく覚えています。そのような議論を重ねることによって、自分の考えや信念が出来上がっていくものです。大切なことは自分の考えをもつことです。自分の頭で考えないと、本当の意味で自分の考えを持てません。大学時代に考えたことは、意外とその後の人生でずっと残ります。若いころの信念は、年をとったからといって変わるものではない、そう思います。

正解のない実社会

話が飛びますが、実際の社会では正解はないようなものです。答えも一つだけではありません。必ずいろいろな答えがあります。その答えからどれを選択するか迷うはずです。また答えが全然見つからないときもあります。

数学なら1＋1＝2と決まっていますが、実際の社会は1＋1＝0であったり、時には2ではなく3であったりするのです。ですから何が正解だと言い切れないのです。ところが最近では、「正解は何ですか」と質問する若い人が多いのではないでしょうか、実際そのような話を耳にすることが少なくありません。

要はこういう状況ではこの答えがベターというだけで、それが必ずしも正解ではないというのが、実際の社会での有り様です。自分の頭で考え、自分なりの答えを出すことが最も重要なことです。

私は、検事に任官し、東京地検を振り出しに各地の検察庁に勤務しましたが、平成元年四月から同四年三月までは法務省訟務局に勤務し、参事官、租税訟務課長を務めました。そのときに『税務訴訟入門』（商事法務・初版平成三年一〇月）を出版しました。この本は、版を重ね、税務訴訟の基本書として読み続けられていますが、検事に任官した当時、私が専門書を出版するとは夢にも思いませんでした。

その後、訟務局から大阪地検に転勤になり、金沢地検検事正等を経て、平成一二年一二月に法務省入国管理局長を命じられ、同一四年八月まで局長を務めました。森内閣と第一次小泉内閣のときです。入国管理局（現在の出入国在留管理庁）は、外国人の出入国・在留審査、不法滞在外国人の摘発・強制退去、難民認定などの業務を所管しています。

入国管理局長在任中、例えば、いわゆる金正男事件、日韓ワールドカップ、九・一一米国同時多発テロ、米軍等多国籍軍のアフガニスタン攻撃など社会の耳目を引く出来事や事件が相次ぎました。その都度、入国管理局としても、何かと対応に追われ、私自身も多忙な日々を過ごしました。

国会会期中、法務・内閣・予算・決算・外務・厚生労働・国土交通・文部科学・外交防衛などの多くの委員会で政府参考人として何度も答弁に立ちました。局長として出入国管理及び難民認定法の改正に関わりましたし、総理官邸や与野党の部会等に呼ばれて入国管理局の政策の説明をするなどして国の意思決定の過程や政治家の実像を垣間見ることができました。

とにかく、数多くの難題にぶち当たりましたが、自分の頭で考えることをモットーとしていたことが役に立ち、何とか修羅場を切り抜けることができました。

「自分が信念をもって、こうだと思うことを実行すると、それが意外と通用するものだ」と、そんなことを実感したことを思い出します。皆さんも、自分の頭で考え、自分の信念を持つように、日頃から努力してほしいと思います。

建築家安藤忠雄

皆さんがいかに幸せな環境にあるか、そのことを自覚してもらうため安藤忠雄さんの話をしたいと思います。

安藤忠雄さんは、大阪生まれの世界的な建築家です。皆さんも名前を知っていると思います。私より五つ六つ上の方です。安藤さんが設計した代表的な建物としては、住吉の長屋、近つ飛鳥博物館、司馬遼太郎記念館、兵庫県立美術館、淡路夢舞台、フォートワース――これはアメリカだったと思うのですが――現代美術館等などが有名です。

東大阪市下小阪にある司馬遼太郎記念館は、建物も室内も素晴らしいものです。是非行ってもらいたいと思います。近つ飛鳥博物館や兵庫県立美術館を見れば、打ち放しコンクリートをそのまま仕上げ面にするという安藤建築の一つのかたちが分かると思います。

安藤さんは家庭の経済的な理由などで大学進学を諦め、アルバイトをしながら猛勉強して一級建築士の資格を取った人です。そもそも独学で建築を勉強するのは本当にすごいことだと思います。

安藤さんは、『安藤忠雄　仕事をつくる――私の履歴書』（日本経済新聞出版社）の中で、建築を学んだ若き日々を回想して次のように記しています。

「独学といっても勉強の仕方が分からない。京大や阪大の建築科に進んだ友人がいたので相談し、教科書を買ってもらった。それをひたすら読んだ。彼らが四年間かけて学ぶ量を一年で読もうと無我夢中で取り組んだ。朝起きてから寝るまで、ひたすら本に向かった。

一年間は一歩も外に出ないくらいの覚悟で本を読むと決めて、やり遂げた。（中略）つらかったのは、ともに学び、意見を交わす友人がいなかったことだ。自分がどこに立っているのか分からない。正しい方向に進んでいるのかさえ分からない。不安や孤独と闘う日々が続いた。そうした暗中模索が、責任ある個人として社会を生き抜くためのトレーニングとなったのだろう」

これを読むと、皆さんは、いかに恵まれているか、そのことが分かると思います。

皆さんは、日々、大学で講義を受け、ゼミに出て、図書館で本を借りるか、本を買って読み、時を忘れて学友と議論し、共に遊ぶことによって、自分の立ち位置、自分の方向性を探ることができるからです。

レジュメに、「本を読んでください。本は買うべきです」と書きました。

ここでこのことを少し説明しておきます。それは、図書館で借りた本では、印も書き込みもできない、いつでも読めない、読みたいときに手元にないからです。本はできれば買うものです。買った本を積んでおくだけで、すぐに読まないことが多いかもしれませんが、積んでおいても構わないのです。読む気になったときに積んでいる本を読むことができます。それでよいのです。

安藤さんの話に戻りますが、安藤さんは、ハーバード大学の客員教授に就任した後、東京大学の教授として教鞭をとられました。その講義録の『建築を語る』が東京大学出版会から出版されています。なかなか読みごたえのある本です。今回、この本を読み返したら、皆さんにとって参考になるところがありました。それは、二四歳の若き安藤さんが、外国でいろいろな建築を見て歩き、ガンジス川のほとりに立って考えたことが書かれているところです。

「西洋建築を自分の目で見たい。著名な建築家に会いたい」という思いでヨーロッパに渡った安藤さんは、その帰りの旅の途中、インドの聖地ベナレスに向かい、大勢の人々が沐浴するガンジス川の岸辺に一人坐り込み、生きることの意味を考えたそうです。そして、「人生というのは所詮どちらに転んでも大した違いはない。ならば闘って、自分の目指すこと、信じることを貫き通せばいいのだと、（中略）自分を信じ、自分の責任で、自分の力で社会と闘っていこうというゲリラとしての生き方を選んだ」というのです。

そこには、若き安藤さんが、逆境にもめげず、これに立ち向かい、強い信念を持って自らの生き方を決めた、その時の熱気が伝わってきます。やはり世界的な建築家になる人は違うのだなと思います。

皆さんが何かを見てどう思うか、それぞれ違いがあると思います。とにかく自分の頭で考え、その感受性をもって「何を目指すべきか」、「自分はどうあるべきか」などと自問し、自らの生き方を模索することはとても大事なことだと思います。二十代で考えたこと、二十代で経験したことはその人間の生き方を左右するものです。この大学四年間は、人生の中で濃密な、大事な時期だということを、頭の片隅に置いてほしいと思います。

この教室にいる皆さんは七〇〇人くらいだろうと思いますが、一割くらいの人は私の話を聞きながら寝ているかもしれません。ここで「寝るか、寝ないか」は、大袈裟に言えば人生の分かれ目になるかもしれません。寝ているということは、一つのチャンスを逸しているのだと思います。チャンスはすべての人にあります。

ふと今思い出したことです。「常にチャンスをつかむ用意をしていなければならない、用意をしていない人はチャンスをつかめない」と言っていたフランスの哲学者のことです。「いつでも靴を履く準備をしていなくてはならない」ということも言っていたように思います。私の話のうち一つでも参考になるものがあるとすれば、それは一つのチャンスをつかんだことになるだろうと思います。寝ている人はそのチャンスを逸しているわけです。それも人生だと思います。

私が大学時代に読んだ本

今回講演の話をいただいた機会に、大学時代にどんな本を読んでいたのか、自宅の書棚を探して調べてみました。その中から何冊かを選んでみました。

それが、三ヶ月章さんの『民事訴訟法研究』（有斐閣）や我妻栄さんの「私法の方法論に関する一考察」（『近代法における債権の優越的地位』（有斐閣）所収）、ラートブルフの『法哲学』（東京大学出版会）、あるいは岩波講座の『哲学』（岩波書店）、司馬遼太郎の『龍馬がゆく』（文藝春秋）、『坂の上の雲』（文藝春秋）などです。これらの本を読んだ当時の記憶を辿ってみることにします。

では三ヶ月章さんの『民事訴訟法研究』から始めます。三ヶ月さんは、民事訴訟法学界では著名な学者です。後に法務大臣になりました。その著作集が一巻から六巻まであります。私が大学生のころは一巻から四巻までしか出版されていませんでした。

私の司法試験の受験科目が民事訴訟法になったのは、三ヶ月さんの『民事訴訟法研究』という著作集を読んだことが大きく影響しています。大学三回生のころ、十分理解できないまま繰り返し読んでいました。中でも、三ヶ月さんの新訴訟物理論に憧れていました。

三ヶ月さんは三八歳で東京大学の教授になりましたので、この著作集には、だいたい三十歳代から四十歳代に書かれたものが載せられているのです。三巻のあとがきに、論文を書いたときの思いが綴られています。その一部を紹介します。

「鉄は熱いうちに打てという。今でなければならぬ仕事という感じをもったものに目の色を変えてぶつかって行く時期も、自分の一生の間には、一回位あってもいいのではないか」

三ヶ月さんはこのような思いで論文を書いていたのです。皆さんも、できれば三ヶ月さんと同じような経験をしてほしいと思います。

次は我妻栄さんです。最近は民法の基本テキストや基本参考書がどういう先生方の著書になっているのかは承知しておりませんが、やはり民法の原書といえば我妻さんの「民法講義」です。明治三〇年生まれの我妻さんの本が未だに民法の原書として読まれているのです。

我妻さんには『近代法における債権の優越的地位』という有斐閣から昭和二八年に出版された論文集があります。この論文集は今でも私の書棚にあります。大学時代に古本屋で見付けて手に取ったときは、本当に嬉しかったことをよく覚えています。

この論文集には四つの論文が載せられていますが、そのうちタイトルになっている「近代法における債権の優越的地位」という論文は、民法史上不朽の論文といわれています。昭和二年から七年にかけて執筆された論文です。ただ、私が特に惹かれたのは、「私法の方法論に関する一考察」という論文です。

今回改めてこの論文の頁を繰ってみると、「私法とは、……最も広い意味に於いて裁判をすることをその中心的職能とすることに要約し得る」という部分に、私が赤線をひいていました。おそらく、我妻さんが裁判を中心に民法等の私法を考え、それは裁判で通用する生きた私法でなければならない、だから判例研究が大切だと、そういう我妻さんの考え方に私は感銘を受けて赤線を入れたものと思います。

末弘嚴太郎さんの『嘘の効用』（日本評論社）という本があります。末弘さん曰く。

「われわれは『尺度』を欲する。しかも同時に『伸縮する尺度』を要求する。じつを言えば矛盾した要求です。しかも人間がかくのごときものである以上、法はその矛盾した要求を満たしうるものでなければならない」

『嘘の効用』では、嘘はなんでも悪いわけじゃないという、そのあたりの機微が書かれています。つまり法というものは伸縮するものでなければならないというのです。何となく楽しい感じがするでしょう。

法というものは、法である以上、解釈しなければならない。法律を適用すると具合が悪かったら、法律を改正すればよいのですが、すぐには改正できない。他方で、伸縮する法の尺度をどう考えてゆくか、法のあり様を、この本は教えてくれていると思います。今でもときどき頭を整理するために読むことがあります。

最後は司馬遼太郎の『龍馬がゆく』です。本当におもしろい本です。

司馬遼太郎は今でも読み続けている作家で、関連本が出たらすぐ買って読んでいます。

『龍馬がゆく』は一巻から五巻まであります。五巻の「回天篇」が出版されたのは、私が大学に入学した年の八月です。私は『龍馬がゆく』から司馬遼太郎ファンになった一人です。どこを読んでもいろいろな名台詞、心の琴線にぐっとくる言葉に巡りあえます。

「漢は愛嬌こそ大事だと西郷はおもっている。（中略）万人がその愛嬌に慕い寄り、いつのまにか人を動かし世を動かし、大事をなすにいたる（中略）もっとも、西郷の哲学では、愛嬌とは女の愛嬌ではない。無欲と至誠からにじみ出る分泌液だと思っている」

この一節は、第五巻の龍馬と西郷の会う場面に出てきます。「漢は愛嬌こそ大事」だと思います。今日は多くの女子学生がいますので、こんなことを言ったらいけませんが、男の愛嬌は女の愛嬌以上に大事だと、私は個人的に思っています。

大学四回生のときに『坂の上の雲』の第一巻が出版されました。最後の六巻が出版されたのが検事になった昭和四七年です。修習生のときに出版された『坂の上の雲』は、いずれの巻も徹夜して一気呵成に読みました。

司法試験

今は、新司法試験ですので、法科大学院の課程を修了するか、司法試験予備試験に合格しないと、受験できませんが、私が大学生のときは旧司法試験ですから、法学部の三回生から受験できました。私は昭和四四年、四回生のときに旧司法試験に現役合格しました。当時の合格者は五〇一人と少なく、合格率は二・七％という狭き門でした。

私は三回生の夏から本格的に司法試験対策を始め、せめて在学中に短答式試験だけでも通りたいという気持ちで猛勉強しました。幸い四回生のときに短答式試験に通り、論文式試験に挑みました。そう簡単には論文式試験は通るはずがないと思っていたのですが、蓋を開けると通っていたのです。急いで口述試験の勉強を始めたことを覚えています。

司法試験は法曹になることを目指して受験したのでなく、同級生の友人らと「在学中に司法試験に挑戦してみよう」、「ひとつみんなでやるか」と、山登りをするのと同じような感じでチャレンジしたというのが正直なところです。何かの間違いで司法試験に合格したのかもしれませんが、いずれにせよいろいろな人生があるものです。

私の場合も偶然が重なって進路が決まったようなものです。私が検事になったのも、偶然の産物です。その私が三八年間余の長きにわたり法務・検察の世界で仕事をすることになったのですから、人生は本当に分からないものだと思います。

では私が検事になった経緯についてお話しします（本稿では、拙書『検事長余話』（中央公論新社）の「ダブルブッキング」でその経緯を詳しく書いていますので省略します）。

在外調査研究

レジュメの法務・検察のところで、「A庁検事、再び地方へ、転勤の日々」、そして「在外研究」と書いてあります。今でこそ外国に留学する、あるいは外国で研究する人がたくさん増えていますが、法務・検察の世界では、私が若いころ外国に留学・研究のために派遣される検事は少なかったのです。昭和五五年、当時大津地検検事の私は法務省から在外調査研究のためアメリカに五か月間派遣されました。

調査研究のテーマは「米国における盗聴捜査の実情」でした。

最初ワシントンに行き、その後、同僚検事と、ヒューストン大学で寄宿舎に泊まってNCDA（National College of District Attorneys）が主催する全米唯一の検察官専門研修に参加しました。研修期間は四週間、研修参加費用は自己負担、研修参加者は全米各地から集まった検事二〇〇人余と外国人数人で、AとBの二つのグループに分け、さらに約二〇人ずつの一〇クラスに編成されました。

主なカリキュラムは、午前中のグループ毎の講義と午後のクラス毎のワークショップです。講師は最高裁判事やFBIの捜査官など多士済済で、憲法などの一般講義から法廷技術などの実務に関する講義が行われました。

ワークショップは、主に具体的な事件記録に基づく演習と研修員による討議でした。その方法がおもしろく、例えば証人の被害者を俳優の卵が演じるのです。クラスの中から指名された研修員が証人尋問しますが、俳優の卵が被害者に成り切り、迫真の演技をするのです。証人尋問の様子はビデオで撮影されます。その尋問が終われば、他の研修員が批評し、互いに議論します。証人尋問を担当した研修員は翌日の朝、前日撮影のビデオを見て自らの尋問の様子を確認し、復習できるようになっていました。それだけではなく、検察官が評決の前と後に法廷の廊下でマスコミのインタビューを受けた際の対応の仕方も学ぶのです。俳優の卵が記者になって研修員にマイクを突き出して質問し、研修員がそれに答えるという実務的な研修だったのです。

今では、日本の法科大学院で同じようなビデオを活用した演習が行われるようになりましたが、アメリカでは既に約四〇年前に実践されていた訳です。初めて見た私は流石にアメリカは日本と違って実践的だなあと感心したことを覚えています。

実は、私と同僚検事の二人は全米の検察官専門研修に参加した最後の検事です。それ以後、調査研究のためアメリカに派遣される検事は、ヒューストン大学での検察官専門研修に参加しないで一か月間アメリカの語学学校に通った後、現地の検察庁や司法省などに派遣されることになりました。アメリカ以外の国に調査研究のために派遣される検事も派遣先の国で語学を一か月間勉強する制度が始まりました。しかも派遣される前の三か月間は、検察庁で勤務しながらベルリッツその他の語学学校に通って語学の勉強ができるようになったのです。

ヒューストン大学での研修を終えた私は、マイアミから二五マイル北にあるフロリダ州ブロワード検察庁で調査研究の日々を送りました。帰国後、法務省に調査研究報告書を提出しました。それを論文にまとめ、三回に分け、「米国における盗聴捜査の実情について上・中・下」(『判例タイムズ』四四二号・四四三号・四四四号所収)として発表しました。その中で、当時、私がアメリカ社会に対して感じたことを次のように記しました。

「日常生活の機械化が進み、かつ週休二日制が完全に実施され、午後五時の退庁(社)時には、ほとんどの者が職場から姿を消す米国の社会にあっては、余暇、特に週末を肉体的・精神的に有意義に過ごし得る資力及び能力を有しない者が、いわゆるシステムから落伍し、その救いを麻薬・アルコールに求めるのも自然の成り行きのように思える。そして、右の資力及び能力のいずれが欠けてもシステムから落伍せざるを得ないところに問題の深さを感じる」

日本の現状を考えるヒントにしてください。

また、ヒューストン大学での検察官専門研修後帰国までの間、知り合った検事らが住むサンディエゴ、サンフランシスコ、ニューヨークを訪ね、彼らに地元の検察庁や観光名所などを案内してもらい、数々の良い経験をしました。アメリカでお世話になった検事らとは、今でもクリスマス・カードのやりとりが続いています。

皆さんもあらゆる機会を大切にして、特に人との出会いを大事にして、そしていろんなことに挑戦してもらいたいと思います。

最後にまとめとして、「いまを生きる」と書きました。一日一日を大切に、この瞬間、この瞬間をぜひ大切にし、日々努力をしてほしいと思います。

美　瑛

三内丸山遺跡

平成六年七月一六日、新聞各紙に「日本最大の縄文集落発見」「縄文時代の大規模建物発見」などの見出しが躍った。

青森県埋蔵物文化財調査センターが、三内丸山遺跡の発掘調査で直径一メートルのクリ材を使った六本柱跡、大型竪穴建物跡、竪穴住居跡や墓のほか、板状土偶など夥しい出土品を発見したというニュースだ。

人々の想像を遥かに超える遺跡の発見は、全国的に大きな反響を呼んだ。これまでの縄文時代に対する社会観を大きく覆し、遺跡に建設途中だった県営野球場工事の即刻中止と遺跡の永久保存の契機となった。

もっとも、三内丸山遺跡は、江戸時代から知られた、縄文時代前期中ごろから中期末

（今から約五五〇〇年前から約四〇〇〇年前）の集落跡である。平成一二年、秋田県鹿角市の大湯環状列石以来、縄文遺跡では四四年ぶりに国の特別史跡に指定された。

三内丸山遺跡へのアクセスは、青森駅からバスで約三〇分、JR新青森駅からならバスで約一五分、青森空港から北へ車で三〇分である。遺跡の入口施設は、縄文の丘三内まほろばパーク「縄文時遊館」である。施設も遺跡も見学無料だ。事前に予約すれば、「三内丸山応援隊」のボランティアガイドが無料で遺跡を案内してくれる。

平成二八年の夏、友人らと青森の旅に出た。三内丸山遺跡の見学も旅の目的のひとつだった。

青森空港から友人運転のワンボックスカーに乗り、途中、青森市内で昼食を済ませた後、三内丸山遺跡に向かい、入口施設の縄文時遊館に到着。友人らと一緒に中に入り、事前予約したボランティアガイドを紹介された。

Hさんという細面で初老の男性ガイドだった。

「どちらからお越しになりましたか」

「私は大阪からですが、北は福島から南は山口や松山までいろいろです」

「遠いところからも来ていただいたのですね」

「ところで、ガイドの方は何人くらいおられるのですか」

「一〇〇人ほど登録されています。私は定年後にガイドになりました」

「誰でもガイドになれるのですか」

「研修を受ける必要がありますが、誰でもなれます。高校生から八〇歳くらいまでいろいろな方がいますが、時間のあるときに引き受ければいいので気楽なものです」

そんな会話を交わした後、Hさんと一緒に時遊トンネルを抜けて遺跡に歩みを進めたが、そこは何処にでもあるような里山だった。

道路脇の「三内丸山遺跡へようこそ」の立て看板の前で、Hさんが、「この遺跡は一五〇〇年続いた縄文集落跡です」などと、遺跡の説明を始めた。

その後、私達はHさんの後に続いて大きくS字に曲がった道路を歩いた。

「この道路は縄文時代の道路を復元したものです。道路幅は約一三メートルもあります。一〇人くらいが横に並んで歩くことができるほど広い。なぜ、こんなに幅広い道路が必要だったのかは分かっていません」

そう言われて私なりにいろいろと想像してみたが、道路幅が広い理由は分からなかった。

そんな思いを知ってか、Hさんが続けた。

「とにかく縄文時代のことは分からないことが多すぎます」

道路を数十メートルほど歩くと、広大な広場に出た。巨大六本柱と大型竪穴建物が見えてきた。その周辺には掘立柱建物や竪穴住居が点在していた。

大型竪穴建物内部

最初に案内されたのが大型竪穴建物だった。中に入ると、天井は高く、ひんやりして涼しさを感じる。復元された建物の大きさは、長さ三二メートル、幅九・八メートルもあって、国内最大規模だという。
「広いでしょう。畳で言うと、一六〇畳

になります。こんなに広いのに炉は隅に一か所しかありません。また、この建物の用途については正確に分かっていませんが、いろいろな説があります。例えば共同作業場ではないか、あるいは集会所ではないか。冬場だけの共同家屋ではないかなどです。遺跡調査によると、集落には最盛期に五〇〇人以上暮らしていたと考えられていますからね」

復元された六本柱

五〇〇人を超える集落と説明されても想像がつかない。
その後に、巨大六本柱の前に案内された。
近くで見ると、その大きさに驚く。
「これは復元されたものです。三本ずつ向き合って六本柱が内側に傾く内転びという工法で建てられています。高さは一四・七メートルもあります。ただ、実際に柱の上に屋根があったのかどうかも分からないので屋根無しで復元されたそうです。これよりも見て欲しいのが、白い建屋で覆われた所にある発掘当時のままで保存されている六個の柱穴です。では付いて来てください」

言われるまま、大型竪穴建物の外に出て、白い建屋まで歩き、中に入ると、湿気が多く蒸し暑かった。

六本柱の穴の跡

目の前に柱の穴が六個整然と並んでいた。

「柱穴は、直径が一・五メートルないし二・二メートル、深さが一・四メートルないし二メートルです。大きいでしょう。一つの穴の底にクリの木の一部が腐らずに残っていたため、柱に使ったクリ材の直径が約一メートルだったことも分かったのです。六つの柱穴の中心を結ぶと、正方形を二つ繋いだ長方形になります。しかも柱穴と柱穴との間隔はいずれも四・二メートルなのです」

淀みないHさんの解説に感心しながら耳を傾けた。

「この柱穴の間隔は三五センチで割り切れます。ちょうど三五センチの一二倍になっていますね。遺跡の建物の多くでは、その柱間隔は、三五センチで割り切れます。大型建物の柱間隔も三五センチの倍数になっていますが、小さな住居になると、必ずしもその通りになっていないようです」

他の縄文遺跡でも三五センチを一単位とする縄文尺が用いられていたことが確認されている。なぜ三五センチなのかは定説はないが、後日、泉拓良さん（京都大学大学院特定教授・千里眼同人）にお聞きすると、人の上腕骨の長さを基準としたと考えられるとのことであった。

白い建屋を出て、改めて復元された巨大な六本柱を見上げた。

六本柱は一体何のために造られたのか。

専門家の間でも、建物だという説と建物でない説とに分かれている。大型の高床建物だとする説でも、物見櫓だとか、灯台だとか（縄文時代は遺跡の前は海だった）、祭祀施設だというように見解が違う。非建物説は、北米のトーテムポールや諏訪の御柱のようなものだという見解だ。

ただ、六本柱のような巨木を伐採・調達して集落まで運搬する作業は容易ではなく、穴を掘り、柱を立てるのにも更に人手と時間が必要とされる。このことを考え、小林達雄氏は次のように指摘する（『縄文の思考』一五七頁以下・ちくま新書）。

「それ（六本柱の建立：筆者注）は心の足し、頭の足しになることを期待していたのだ。今風に言えば、費用対効果を超越した、縄文人の哲学思想、世界観にかかわるものである。（中略）二至二分は、三内丸山においてだけでなく、各地の縄文人が等しく認識していた知的財産である。このことを縄文人自身が重要視していたからこそ、記念物の造営地の選定から設計にきちんと生かしていたのである」

それにしても復元された六本柱の高さ一四・七メートルはどのようにして試算したのか、興味が湧く。

遺跡調査に当たった岡田康博氏（青森県教育庁参事・文化財保護課長）の著書『日本の遺跡48　三内丸山遺跡』九一頁以下（同成社）にその答えがあった。

遺跡調査スタッフは、土の密度や支持力である地耐力を調べるため、大手ゼネコンと共同で、木柱直下と荷重を受けていない柱穴周辺のボーリング調査を行った。その分析結果で、一平方メートル当たりの荷重と含水比率を計算し（重さが加わった土は水分が抜け、含水比が低下するので、含水比率で荷重が推定できる）、木柱は最小で一四メートル、最大で二三メートルのものが立っていた可能性があると結論づけたという。

引き続き、高床式の掘立柱建物群や北盛土を見学した後、子供の墓の発掘跡に案内された。

「よく見てください。凹みがあるところが見えるでしょう。そこに子供が埋葬された円筒土器が発見されたのです。子供一人一人が丁寧に埋葬されていた訳ですね」

そのような説明を聞くと、縄文時代は、児童虐待が増加する現代社会より遥かに感性豊かな社会だったのかもしれないと思ってしまう。

竪穴住居

なお、大人の墓は子供の墓と違って地面に穴を掘った土坑墓だという。

Hさんの説明が続く。

「あの方向にある北の谷はごみ捨て場です。遺跡には北の谷を含め低湿地が三か所あります。そこから木製品、漆器、動物や魚の骨、植物の種や花粉などがたくさん見つかっていますが、植物で圧倒的に多いのはクリやクルミの殻です。それに縄文の人々は果実酒をつくって楽しんでいたようですよ」

縄文人が自然と共生し、豊かな食生活を送っていたことは間違いなさそうだ。

周辺に復元された竪穴住居の大きさは、様々で、屋根も茅葺き、樹皮葺き、土葺きのものがあった。住居の中に入ってみると、縄文時代にタイムスリップしたような気分になる。

外に出ると、早速Hさんから説明を受けた。

「時代が新しくなると、竪穴住居は小さいものが多くなっていきます。核家族化が進んだのでしょう。現在と良く似たものですね」

全くその通りですねと、思わず相づちを打った。


限られた時間ではあったが、縄文人の心などを想像する楽しさを味わいながら、今までにない驚きと感動を覚えた遺跡見学だった。

Hさんにガイドのお礼を言って別れを告げ、友人らとワンボックスカーに乗り込み、その日の宿「黄金崎不老ふ死温泉」を目指した。

長門・萩の旅

平成二九年二月下旬、山口県長門・萩へ一泊二日の旅に出た。

私は、新大阪から新幹線で集合場所の新山口駅に向かった。

ここで各地から集まった仲間八人と合流した。旅幹事のT君が運転するレンタカーに乗り、山口宇部空港まで行き、東京からの参加者一人を拾い、高速道路を利用して下関市豊北町の角島大橋《つのしまおおはし》を目指した。

途中、下関市豊浦町川棚の「元祖瓦そば　たかせ川棚東本館」で遅い昼食を済ませた。「瓦そば」は、熱く熱された石州瓦の上に載せた茶そばをつゆで食するものだった。

角島大橋

角島観光

その後、角島大橋を一望できる海士ヶ瀬公園に立ち寄った。下関市と角島を結ぶ全長一七八〇メートルの橋だ。幸い天気が良く、エメラルドグリーンの海に浮かぶ角島大橋が私の目の中に飛び込んできた。それは、橋という人工物とは思えないほど神秘的な曲線を見せてくれた。何度もシャッターを切った。そのうちの一枚が上の写真だ。

角島大橋を渡った。

海の見える角島公園に足を運び、ベンチに座ると、海風が心地良く、岸に打ち寄せる波の音

角島灯台

が聞えてきた。背後には白い角島灯台（高さ二九・六メートル）の雄姿も見える。明治九年に日本海側に初めて設置された総御影石造りの円錐形洋式灯台で、現在でも毎日点灯しているという。

元乃隅稲成神社

角島観光を終え、長門市油谷津黄にある「元《もと》乃隅稲成神社《のすみいなりじんじゃ》」に向かった。

稲成神社までの道は細く曲がりくねっていた。運転の上手いT君でなければ、車は転落の危険があった。神社近くの駐車場で車を駐め、海岸近くの展望所まで下った。そこから岸壁の岩陰

元乃隅稲成神社の赤鳥居

に「龍宮の潮吹」を見ることができた。日本海の荒波が海岸の岸壁に打ち寄せ、それが断続的に霧状になって吹き上がるのだ。恰も、その名のとおり龍が潮を吹いているようだ。

そして、私達は、海岸側から一二三基の赤鳥居を潜りながら、稲成神社の高台にある大鳥居を目指して数分歩き、ようやく大鳥居の前に辿り着いた。よく見ると、賽銭箱は、大鳥居の上部に設置されているため、私達の頭上にある。そこに賽銭を投げ入れるのだ。賽銭が箱に入れば願いが叶うとあって、皆、挑戦することになったが、一回で投げ入れた者は一人もいなかった。私はやってみたが、ようやく三回目に成功した。

元乃隅稲成神社は、昭和三〇年に、白狐のお告げにより、島根県津和野町太皷谷稲成神社から分霊された神社である。全国に「稲荷神社」は、約四万社あるというが、「稲成神社」は、長門と津和野の二社だけである。商売繁盛、大漁、海上安全、良縁、子宝、開運厄除、福徳円満、交通安全、学業・願望成就などの御利益があるという。

私達が賽銭投げをしている間も、次々と大型観光バスが駐車場に着き、バスから多くの外国人観光客が降りてくる。その多くは中国人だ。中国では赤が縁起の良い色として好まれているため、最近では、一二三基の赤鳥居が連なる稲成神社は日本観光の人気スポットになっているそうだ。

温泉とふぐ料理

稲成神社を後にして、深川湾を望む高台にある日帰り入浴施設「黄波戸温泉交流センター」(長門市日置上)に向かった。露天風呂から眺める対岸の青海島《おうみしま》に沈む夕日は絶景だという。当日は残念ながら、その夕日を見ることは叶わなかったが、露天風呂は広く、湯量も豊富で、冷えた身体を芯から温めてくれた。

入浴後、当日の宿である長門市仙崎の「いそう庵」に向かった。

いそう庵は、新鮮で豪華なふぐ料理を堪能できる料理自慢の宿で、深川湾に面し、湾に沈む夕日の名所でもある。ただ、客室は全一〇室の和室しかなく、部屋に風呂・トイレ・洗面が付いていない。

宿に到着後、すぐに二階座敷でとらふぐに舌鼓を打った。とらふぐのフルコースだけあって、お品書きを見ただけで満腹になる。小鉢三点、旬魚のお造り、ふぐ刺し、ふぐの唐揚げ、炙り白子握り、白子茶碗蒸し、ふぐちり、焼きふぐ、雑炊などである。もとより、ひれ酒も注文し、私も含め皆、鱈腹食ったというのが正直な感想である。

青海島観光

翌朝早めに宿を出発し、青海島に向かった。

ここは、北長門海岸国定公園内にあって、整備された散策路から、海上の一六羅漢、変

瀬　叢

装行列、カモメ岩などの奇岩群を眺めることができる。これらは、今から八五〇〇万年前、日本列島がアジア大陸の縁にあったころ、大規模な火山活動によって形成されたものだという。

散策マップによると、全長一九〇〇メートルの散策路を歩くのに約一時間要するとのことだった。私は、自分の体力を考え、途中で引き返すことにしていたが、それでも、「瀬叢《せむら》」と「碧濤台《へきとうだい》」からの眺望だけは見たいと思った。

「瀬叢」は、眼下に見える岩礁が多く、東山魁夷画伯が描いた皇居宮殿長和殿波の間の壁画「朝明けの潮」（縦約三・八メートル、横約一四・三メートル）のモチーフになった所である。その実寸六分の一の試作は、東京国立近代美術館

碧濤台からの眺望

が所蔵している。

かつて私は、検事長認証式に臨むため皇居に参内した際、長和殿波の間で「朝明けの潮」を間近に見て感動したこともあって、いつの日か瀬叢を見てみたいと思っていたからだ。

当日、青海島の砂浜から続く散策路を上って行くと、木々の間から眼下に瀬叢が見えて来た。紺碧の海上に点在する岩礁に荒波が砕け散っていた。その様を眺めていると、東山画伯の壁画「朝明けの潮」が鮮やかに目に浮かんだ。

その余韻を残したまま散策路を歩き、碧濤台まで辿り着いた。そこから一六羅漢、変装行列、カモメ岩などの奇岩群や相島、尾島を眺めることができた。その眺望は、水墨画を見ているようで、文句なしの絶景だった。

金子みすゞ記念館

青海島から車で一〇分ほどにある「金子みすゞ記念館」に立ち寄った。二六歳で夭折した詩人金子みすゞ生誕一〇〇年を記念し、平成一五年、みすゞが幼少期を過ごした金子文英堂跡地にオープンしたという。

館内を見て回ったが、好きな詩の一節が目にとまった。

「鈴と、小鳥と、それからわたし、みんなちがって、みんないい。」（「わたしと小鳥と鈴と」より）

その後は、久し振りの萩市内観光だ。お決まりの城下町エリアを散策し、松陰神社を訪ねた。今回のお目当ては、萩焼の組湯飲みだった。何軒か店を梯子し、ようやく気に入ったものを見付け、買い求めた。今では毎日の食卓には欠かせない一品だ。

新山口駅で仲間と再会を約し、帰途についた。

信州松本の旅

平成三〇年の夏、仲間と一泊二日の日程で松本を旅した。

今回の参加者は私を含め九名だ。各自、一日目の一二時三〇分までに松本駅改札口に集合することになっていた。集った仲間と挨拶を交わし、遠方からの参加者三人に松本駅までの交通手段について訊いてみた。

T君は、前日に山口から新幹線で新大阪まで来て、松本行の夜行バスに乗り、早朝松本に着いた後、集合時間まで諏訪を観光して来たとのこと。H君は、福島の郡山から新幹線で大宮・長野を経て、特急しなの号に乗り継ぎ、約三時間三〇分かけて松本駅に到着したという。U君は、小倉から新幹線で博多に出て、福岡空港から松本空港へ、空港から松本駅まではバスを利用して約四時間三〇分かかったという。

私は、新大阪から新幹線で名古屋に行き、特急しなの号に乗り継いで松本駅に着いたが、それでも約三時間かかった。

ともあれ、松本駅近くで仲間と昼食を済ませ、T君が運転する一〇人乗りのレンタカーで松本城に向かった。

松本城

松本城

昭和四九年から二年間、私は、長野地検本庁勤務だったが、松本城近くにあった松本支部の庁舎に出向いた折には、いつも松本城を仰ぎ見ていた。今回の旅で、久し振りに眺める、その雄姿は誠に美しかった。幸い、快晴だったので、堀の水面に映る逆さ天守を見ることができた。

城の周りでは多くの外国人観光客とすれ違った。私達も城をバックに記念撮影をしたものの、気温が三六度を超え、携帯の写真機能が一部麻痺するほどの暑さだった。ここには長居はできないと思い、予定より早く、城近くにある旧開智学校校舎に移動することにした。

旧開智学校校舎

旧開智学校の受付で入館料を支払い、パンフレットを受け取って敷地内に入った。目を引いたのは、独創的で美しい擬洋風の二階建て校舎である。

玄関正面には「開智学校」と記された銘板を持ち抱えている天使や龍、瑞雲が彫られており、その装飾は極めてユニークだった。東西南北の風見を配した八角の塔屋、バルコニー、縦長の窓など洋風造りの一方で、唐破風などの伝統和風建築技術も駆使され、正に芸術品というほかはない。

校舎内に入ると、明治以降の教科書や教材など貴重な教育資料が展示されていた。その

旧開智学校、校舎の外観

中に、明治一〇年代に普及した教科書「小学読本」の原本となったアメリカのウィルソン・リーダー第一読本があった。そこに当時の松本の人々の教育に対する意気込みが感じられる。

旧開智学校の校舎は、当時の筑摩県参事永山盛輝（知事）が計画し、地元松本の大工棟梁立石清重の設計・施工により、明治八年四月に着工し、同九年四月に完成した。国内では最古の小学校校舎である。昭和三八年まで約九〇年にわたって使用されていたという。

昭和三六年には、現役の校舎のまま近代学校建築として国内初の重要文化財に指定された。その二年後に解体され、女鳥羽川のほとりから現在地（松本市開智二丁目）に移設されて松本市立博物館分館として公開されている。

パンフレットによると、校舎の工事費約一万一〇〇〇円の七割は、松本の町民が負担したとある。民の経済力の豊かさや進取の気概・熱意を示す証左といえるだろう。

なお、明治四年に飛騨と信濃中部・南部を管轄する筑摩県が発足し、その県庁は、松本に置かれたが、明治九年六月に、松本の県庁舎が火事で焼失したため、同年八月に飛騨が岐阜県に、松本など信濃中部・南部が長野県に併合された。

白骨温泉

旧開智学校を見学した後、その日の宿、安曇野の「湯元齋藤別館」を目指した。途中、銘酒「大信州」の専売所原田屋に立ち寄り、二次会用に純米吟醸「大信州手の内」や「大信州スパークリング」などを購入した。

白骨温泉は、北アルプス乗鞍岳の東側山腹にある。深い樹林と湯川渓谷に囲まれた野趣あふれる温泉地だ。歌人・若山牧水は持病の胃腸病を治すために幾度となくこの地を訪れ、歌を残したという。

十数か所の源泉ごとに微妙に異なる湯質の多彩さが白骨温泉の魅力で、趣のある温泉旅館が立ち並ぶ。その一つが湯元齋藤別館である。収容人数が少なく、ゆったりとした時間の中で源泉かけ流しの温泉を楽しめるのが宿の自慢だそうだ。

チェックインを済ませると、宿の係の人が館内施設などを説明してくれた。その折に、「午後八時三〇分までなら、坂の上にある湯元齋藤旅館の大浴場や露天風呂も利用できますよ」と教えてくれた。

早速、部屋で浴衣に着替え、夕食前に一風呂浴びることにして出掛けた。

湯元齋藤旅館は、館内が広く、大浴場までエレベーターを乗り継がなければならなかったが、特に大浴場の天井が高く、ゆったりした気分になる。露天風呂にも浸かり、白濁した源泉かけ流しの温泉を満喫した。

夕食は、信州産の川魚や山菜などの山家料理だった。特に岩魚の塩焼きは淡泊な味で絶品だった。食後、恒例の二次会が始まり、「大信州」などの酒を飲みながら、仲間と楽しい語らいの時間を過ごした。

大王わさび農場

自分の部屋に戻ったが、開けたままの窓から涼しい外気が部屋の中に入って来る。クーラーなしでの就寝は久し振りだ。ほどよい疲れもあってすぐに眠りに就いた。

朝早く、源泉かけ流しの内風呂に浸かった後、名物の「温泉粥」をすすりながら朝食を済ませ、「大王わさび農場」に向けて出発した。

大王わさび農場

安曇野は日本有数のわさびの名産地だ。中でも「大王わさび農場」は、日本一広大なわさび田（面積四万五〇〇〇坪）を有し、北アルプスからの雪解け湧水で育まれる六〇万株のわさび

水　車

を栽培しており、敷地内も自由に散策できるし、飲食店や体験施設もある一大観光スポットだ。私達が訪れた日も多くの観光客で賑わっていた。

わさびは、直射日光に弱いため、五月初めから九月末までは、日差しを避ける「寒冷紗」とよばれる黒い幕で覆い、水温の上昇による根の腐敗を防いでいるため、湧水の水温は夏でも一五度を超えることなく、年間平均一三度に保たれているという（大王わさび農場HPより）。とはいえ、この時期は、寒冷紗が景観を害しており、誠に惜しい。春先は、芽吹いたわさびの葉が水に映え、残雪のある北アルプスの山並みとが美しいコントラストを見せるのではないかと想像しながら、わさび田を巡った。

その一角に故黒澤明監督の映画「夢」のロケ地があって三連の水車が当時のまま保存されていた。水車の脇を流れる蓼川の水は、透き通り、川底は梅花藻や黄緑色の水ハコベが揺れている。蓼川と万水川《よろずかわ》ではクリアボートで水上散歩ができるため、乗り場の前に、順番待ちの長い列ができていた。

安曇野翁

わさび農場を見学後、手打ち蕎麦の店「安曇野翁」に向かった。

蕎麦は、北海道などの契約農家から仕入れて自家製粉して丹念に手打ちしたものだ。蕎麦用の「おつゆ」は、北アルプスの伏流水を使い、厳選した枕崎の枯本節や函館の真昆布、伊豆産の茶花どんこでとった「だし」に、松本大久保しょうゆでとった「返し」を合わせた特製だという。

人気店のため事前の予約ができない。仕方なく午前一一時ころ店に入ると、幸い、一〇分ほど待って席につくことができた。

安曇野翁からの眺望

お品書きを見ると、ざるそば（白）、いなかそば（黒めの太いそば）、おろしそば（辛味大根）、鴨せいろがあったが、私は、おろしそばを注文した。そばにはこしがあって、特製のおつゆも、そばに馴染み、評判どおりの旨さだった。地酒の吟醸酒「大雪渓」の冷酒を注文して飲んだが、そばともよく合った。その蔵元の直営店が近くにあると聞き、帰りに立ち寄って購入することにした。

冷酒を注文した後に、女将らしき店員から、

「車を運転される方はどなたですか」

と訊かれた。すぐに隣のテーブルのT君が「私です」と手を挙げてくれたので、店員も安心したようだ。このような問いかけは、飲酒運転さ

せないための店側の心配りなのだろう。

「安曇野翁」は、かなりの高台にあって、そこから雄大な北アルプスの山々と安曇野の平地が一望できた。皆、思い思いの角度から写真に収めて大いに満足した。

昼食を済ませ、駐車場で車に乗り高台を下り始めると、店を目指す車が長い列を作っていた。

北アルプス牧場直売所

車で北アルプス牧場の直売所に向かったが、途中、蔵元直営店「花紋大雪渓」が近くにあると聞き、店に立ち寄って「アルプス吟醸」や「大吟醸山田錦」などを購入した。

その後、北アルプス牧場への車中から、絵になる雄大な安曇野風景に何度も出会い、その都度カメラに収めた。その一枚が次頁の写真である。絵画が趣味の私にとっては、それが一番の収穫だった。

皆のお目当ては、直売所で食べる牛乳ソフトクリームだ。新鮮な搾りたての牛乳を原料

安曇野風景

にしているため、濃厚な牛乳の旨味がギッシリと詰まっているからだ。

直売所では、列に並び、牛乳ソフトクリームを買ってほおばった。「流石に美味い」と口に出る。皆、ここまで来てよかったという顔になっている。直売所では安曇野産の野菜類や果物も売っていた。有名な波田スイカが並んでいたが、これを買って帰る訳にもいかず、代わりに採れ立てのとうもろこしを買った。

時間に余裕ができたので、松本市歴史の里に立ち寄り、松本城二の丸御殿跡から移設された「旧松本区裁判所庁舎」や諏訪・岡谷の製糸工場に向かう工女の宿として栄えた「工女宿宝来屋」などを見学した。

その後、隣接する日本浮世絵博物館で葛飾北斎、歌川国貞などの浮世絵を鑑賞した。浮世絵の木版画を中心に各時代毎に作品が展示されていたため、浮世絵の歴史を学ぶこともできた。また、信州山の日に関連し、吉田博の版画「劔山の朝」が特別展示されていた。絵の前に立つと、朝焼けの山肌が迫ってくるようだった。館内で熱心に鑑賞し、ショップで買い物をする外国人が多く、国際的な浮世絵人気を実感した。

松本空港でU君を見送って松本駅に戻った後、お土産を買い込み、仲間と再会を約し、帰路に就いた。

個展

私は幼いときから絵を描くことが好きだ。

一時期、油絵にも挑戦したが、最近は水彩画を描いている。全くの独学だった私は、数年前から、一般社団法人大阪倶楽部の絵画同好会に入会し、会員と一緒に、小灘一紀先生（日展特別会員・平成三〇年度日展総理大臣賞を受賞）の指導を受け、花や果物などの静物画、人物画のほか、写生会で風景画を描くようになった。

お陰で、小灘先生のような一流画家の筆の使い方を間近に見ながら、絵画の基礎も少しは学ぶこともできるようになり、リーガロイヤルホテル大阪の「リーガロイヤルギャラリー」で、個展を二回開催することもできた。その顚末を紹介したい。

個展開催に至る経緯と準備

多くの方から個展を開くように勧められていた私は、数年前、ようやくその気になったものの、具体的にどのように準備したらよいものか全く見当がつかなかった。

そこで、知人に相談してみると、「個展をするのなら画廊に任すのが一番です。ご存じだと思いますが、U画廊に伝手があるので、頼んであげましょうか」と言ってくれた。

U画廊は有名画廊である。私にとって願ったり叶ったりの話だ。早速、お願いしたが、後日、知人から、「申し訳ないが、U画廊はプロの画家の個展しか扱っていないので、引き受けてくれないようです」との連絡があった。

その話を別の知人にすると、「そういうことなら、企業コンサルタント会社のハルを紹介してあげましょう。企業コンサルのほか、イベントの企画や出版も手がけているようですから、素人の個展でも企画してやってくれると思いますよ」と勧めてくれ、すぐにハルの越智社長に話を通してくれた。

その後、ハルの越智社長や担当者から、具体的な個展の企画を提案してもらい、最終的に、第一回目の個展は、リーガロイヤルホテル大阪の「リーガロイヤルギャラリー」で開催することに決めた。

リーガロイヤルギャラリーの場合、展示期間は、原則、火曜日から日曜日までの六日間。会場の貸料は、季節に応じて約三〇万円又は約三六万円だった。それでも、六月以上前から予約する人が多いという人気ギャラリーである。

早速、ハルからギャラリー事務局に予約状況を問い合わせてもらった。幸い平成二六年一〇月七日から一二日までの期間に空きがあるというので、その期間で使用申込みをした。ところが、ギャラリーの事務局から私の画歴について問い合わせがあった。私としては、「画歴といわれましても、今まで個展をしたこともありません。大学生のころから趣味で絵を描いているだけです」と答えるだけで、勘弁してもらった。

開催日が決まったものの、それまでの準備が何かと大変だった。

個展の案内ハガキは必要だが、どの絵を案内ハガキに印刷するのが相応しいのか、何枚印刷すればよいのか、ハガキの発送事務の分担をどうするのか、個展ポスターを作成するのかしないのか、会場の受付はどうするのか、会場での作品の展示順をどうするのかなど、事前に決めなければならないことは少なくなかった。

さらに、展示する作品を選ばなければならない。特に風景画については、透明感があって、その風景の中で空気が感じられる作品を選んだ。

その後に、作品の額装に取りかかる必要があった。個々の絵に相応しい額を探し、その絵を額に収め、取りあえず壁に掛けてみる。一度はこれで良いと納得しても、何日も眺めていると、しっくりこないこともある。そのようなときに別の額に換えてみると、絵が見違えるように良くなることも少なくなかった。

このようにして額の入れ替え作業を繰り返すことになる。それは、いわば女性の美しさが洋服次第で引き立つのとよく似ているといえなくもない。要するに絵は額があってこそ、絵画本来の美を表現できるように思う。だからこそ額装は他人任せにはできないのだ。

第一回目の個展開催

第一回目の個展は「四季折々　澄んだ空気と光の中で」というタイトルにし、ポスターにもそのコピーを使った。

展示した作品は、平成五年から同二六年までに描いた水彩画合計三七点。そのうち一番多いのは、北海道各地の風景画一九点。それは、私が札幌検事長として札幌に赴任し、北海道の雄大な風景に感動し、精力的に絵筆を取ったからである。当時札幌高検が作成した裁判員制度の啓発ポスターに使用された「旧北海道庁舎」の原画もある。

第一回目の個展ポスター

そのほか、日本各地やベルギー、パリ、

ロンドンの風景画などを展示することにした。

期間中、私は、毎日個展会場に詰め、来場していただいた方にできる限り展示作品の説明などをしながら応対した。

会場は、多くの人が行き交うホテルの一階のロビー近くにあって、誰でも自由に入場することができた。そのため、時には展示作品ではなく、会場に飾っていた御祝花に興味を抱き、「美しい花ね！」と、花だけ見て会場を後にする数人の中年女性もいた。

更には、「水彩画を習い始めたばかりですが、こんな鮮やかな色を出せないのです。どうすれば出せるのですか」などと質問してくる人もいた。水彩画の場合、高級な絵の具と一〇〇％コットン紙（最高級紙はアルシュ）であれば、かなり鮮やかな色を出すことができる。そのことを説明して喜ばれたこともあった。

また、来場者の多くから「展示されている絵は、すべて現地で描かれたのですか」と質問された。そのような質問には、「そうではありません。絵のなる風景に出会うと、構図を考えて何枚も写真を撮り、後日、写真を参考にして絵を描いています」と答えた。

幸い、期間中の来場者は累計で八七〇人を数えた。リーガロイヤルギャラリーの事務局

小樽運河

によると、過去六日間の展示で来場者数は多くても四〇〇人までだったという。今回は来場者数の記録を更新したことになる。

　展示作品の中では、「中之島公会堂」、「小樽運河」、「神威岬」、「ベルギー運河」は評判が良かった。

　私の個展を紹介する新聞記事の中には、例えば、「高知県から旅行で訪れ、同ホテルに宿泊中だった主婦（73）は『奇をてらわず、素朴な画風がいい。各地を旅行している気分』と話していた。」（平成二六年一〇月八日付産経新聞）という私にとっては嬉しい記事もあった。

　初めての個展だったが、収益が出たので、

芸術を支援する公益法人に寄付をした。

個展終了後、ハルは、展示作品のポストカードの印刷や画集の発刊をしてくれた。

第二回目の個展開催

平成二八年五月二四日から二九日まで、前回同様、第二回目の個展を「リーガロイヤルギャラリー」で開催することができた。

展示した作品は、前回、展示スペースの関係などで展示を見合わせた水彩画やその後に描いた水彩画合計四三点。内訳は、北海道各地の風景画が一二点、日本各地の風景画が二〇点、外国の風景画が五点、人物画が四点、静物画が二点である。

第二回目の個展も、ハルにお願いし、すべてを取り仕切ってもらった。

前回同様、数多くの方に来場していただき、好評のうちに個展を終えることができた。

展示作品の中では、「富良野・冬」、「春の高山祭」、「中之島公会堂」、「鶴の湯本陣」、「三方湖畔」などの評判が良かった。

また、ハルは、前回同様展示作品のポストカードの印刷と画集の発刊を事前に済ませてくれた。

第二回目の個展では、前回以上の収益が出たので、私が所属する大阪キワニスクラブに、軽自動車「キワニスカー」の購入費用に充ててもらうために寄付をした。

大阪キワニスクラブでは、毎年、大阪府下の児童相談所「こども家庭センター」に、虐待通報等に迅速・的確に対応するために使用できる自動車として「キワニスカー」を寄贈し、児童虐待防止・撲滅活動を支援しているからだ。

第二回の個展ポスター

なお、全国の児童相談所における平成二九年度の児童虐待相談対応件数は一三万三七七八件。大阪は一万一三〇六件と、東京に次いで全国第二位の多さだという（厚生労働省ＨＰより）。

ともあれ、現在、三回目の個展（二〇

月一日から六日まで）の準備中である。

初出誌

「再生資源ごみ」（千里眼一三九号）・「人事の話」（国際人流第三五八号）・「白内障手術を受けて」（法曹七九一号）・「あるコラム」（千里眼一四六号）・「証券マン」（国際人流三五三号）・「訟務局の復活」（国際人流三五一号）・「死刑について」（千里眼一四一号）・「刑法から強姦罪が消えた？」（千里眼一四〇号）・「海外での犯罪被害と刑法」（草莽の寄合談義二八号）・「凶悪犯罪と精神鑑定」（国際人流三五二号）・「都知事の辞任」（千里眼一三八号）・「違法残業事件の捜査実務」（ビジネス・ロージャーナル一三三号）・「日本版司法取引第一号事件」（千里眼一四五号）・「法学部新入生の皆さんへ（大学で何をすべきかを改題）」（関西大学法学會誌五八号）・「三内丸山遺跡」（千里眼一三七号）・「長門・萩の旅」（千里眼一四二号）・「信州松本の旅」（千里眼一四四号）・「個展」（草莽の寄合談義三三号）

洋皿と果物

中尾　巧（なかお・たくみ）
弁護士・関西大学客員教授。
昭和47年東京地検検事任官。法務省訟務局租税訟務課長、大阪地検刑事部長・次席検事、金沢地検検事正、法務省入国管理局長、大阪地検検事正、札幌・名古屋・大阪各高検検事長等を歴任。著書『検事長雑記』（中央公論新社）、『検事長余話』（中央公論新社）、『弁護士浪花太郎の事件帖』（法学書院）、『検事の風韻』（立花書房）、『税務訴訟入門・第５版』（商事法務）、『中之島の風景』（商事法務）、『検事はその時』（PHP研究所）、『中尾巧水彩画展作品集Ⅰ・Ⅱ』（ハル）など。

法曹漫歩《ほうそうまんぽ》

2019年７月10日　初版発行

著　者　中《なか》尾《お》　巧《たくみ》
発行者　松田陽三
発行所　中央公論新社
〒100-8152　東京都千代田区大手町1-7-1
電話　販売 03-5299-1730　編集 03-5299-1740
URL　http://www.chuko.co.jp/

ＤＴＰ　今井明子
印　刷　三晃印刷
製　本　小泉製本

Published by CHUOKORON-SHINSHA, INC.
Printed in Japan　ISBN978-4-12-005216-3　C0030